결국

해내면

그만이다

결국
해내면 그만이다

정영욱 지음

늘 무언가를 한다. 나는 이겨내려고 쓰고 읽으며 발버둥 치는 사람이다. 와중에 늘 가볍거나 무거운 불안과 우울, 걱정과 고민 같은 것을 그림자처럼 떼어내지 못하고 산다. 이 책을 펼친 당신도 나와 같겠지.

그런 삶의 지속적인 초행길 가운데 나는 잘할 것이라고 근거 없는 위로를 스스로에게 건네기도 하지만, 결국 해내면 그만이라는 조금은 결과론적인 말을 되뇌기도 한다. 지대한 뭔가를 이뤄내려는 것도 아닌데, 그깟 거 가볍게 생각하고 해내면 그만 아닌가? 엄살 부리지 말라는 뜻으로 나 자신에게 속삭인다. 지금 견디고 있는 것들은 결국 해내면 그만인 것들이라고.

삶도, 사랑도, 관계도, 업도, 감정도, 어떤 자그마한 일일지라도 해내면, 나는 해낸 사람으로 기억되고 기억할 수 있다. 그 안에 숱하게 존재한 힘듦과 고충과 울음은 잊혀지기 마련이다.

결국 해내면 그만이다. 이 문장을 잊지 않고 살리라. 나의 비루함과 미안함과 거짓됨 속에서도 결코 잊혀지지 않는 것들은, 내가 해낸 무언가일 때가 많으니.

당신도 나도 결국 해내면 그만이다.

차례

새벽의 꺼진 가로등처럼 살고 싶었다 · 129

당신은
언제고

해내는
사람이었다

01

가장

나답게
아름답기를

어디선가 '아름답다'의 어원이 '나답다'에 있다는 내용을 읽었다. '아름'이라는 단어는 '나'를 의미하기도 한다고. 모든 것이 아름다워야만 그 가치를 하는 것은 아니지만, 우린 늘 아름다운 것을 지향하며 살아간다. 더럽거나 때 묻지 않고 깨끗한 것, 모난 데 없이 둥근 것, 퍽퍽하지 않고 부드러운 것을 바란다. 그런 형태를 가진 것을 보고 아름답다고 표현하고, 그렇게 되고 싶어 하며, 그런 것을 지향하고 때론 염원하며 나아가 동경한다.

그러나 기억해야 할 것. 아름다움의 기준은 세상이 아닌 나의 시선이 되어야 한다. 내 기준에서의 아름다움이 나에게는 가장 온전하고 평안한 형태이자 구조다. "나다움이 무엇

인가요?" 누군가 묻는다면 이렇게 답하겠다. '당신의 시선
에서 아름다운 것을 추구하며 살아가는 것.'

하지만 누군가가 "나다움을 어떻게 실천하나요?"라고 묻
는다면 답해줄 수 없다. 아름다움에 대한 내 기준, 곧 나다움
의 기준은 때에 따라 시시각각 변할 것이다. 나 자체가 끊임
없이 변화하기 때문이다. 내가 누굴 곁에 두는지와 지금이
어떤 계절인지와 어떤 행복을 우선시하고 있는지, 어떤 불행
을 겪고 있는지에 따라 나 자체도 달라진다.

그러니 어떻게 세상의 잣대로 나다움을 정의할 수 있겠
는가. 바로 지금 당신이 보고 있는 시선의 끝에 나다움이 존
재한다. 나다움은 잡히지 않는 낙원의 파랑새도, 이루지 못할
거대한 이상 또한 아니다. 내가 나를 포기한다고 해서 그게
나다움이 아니라는 법도 없다. 나를 포기해 가며 어떤 것을
위해 노력하고 염원하는 것이 아름다움의 절정일 수도 있는
것이다. 또한 다른 이를 부러워한다고 해서 그게 나다움이
아닐까? 타인을 부러워하며 내 기준의 아름다움을 세워가는

것이 나다움에 다가가는 방법일 수도 있다.

기필코 자신답게 살라고 귀 따갑게 들어왔기에 그 중요
성은 알지만 방법을 몰라 어려워하는 당신에게 알려주고 싶
다. 당신의 시선에서 아름다운 것을 추구하며 행하는 것이
나다움에 제일 가까워지는 길이라는 것을.

"나다움이 무엇인가요?"

　　　　누군가가 묻는다면 이렇게 답하겠다.

．
．
．

'당신의 시선에서 아름다운 것을

　　　　　추구하며 살아가는 것.'

조금 더
빨리 알았더라면

흔들리지 않았을 단어들

행복

나 아닌 누군가가 마냥 행복해 보인다면 실은 행복해 보이고
싶어서 그렇게 비춰지는 것일 때가 많다. 그 사람이 정말 행
복하기만 해서 그렇게 보이는 것은 아닐 수 있다는 말이다.
혹여 정말 행복한 사람이라 하더라도 온종일 행복하기만 할
까? 있을 수 없는 일이다. 그러니 '행복한 사람'과 '불행한 사
람'을 구분 짓는 것만큼 의미 없는 일도 없다. 불행과 행복은
상대적인 개념이고 있다가도 없는 것이다. 나 자신을 한 가
지 감정으로 정의해 그 자리에 머물게 하는 것만큼 나를 무
너뜨리는 일은 없을 것이다.

성공

한번 성공한 사람은 계속 성공한다는 말이 있다. 자본가의 돈이 다시 돈을 벌어다 주는 것처럼, 인생에서는 성공해 본 경험이 또다시 그 사람을 성공으로 이끌어준다. 그러니 성공이라는 것을 너무 거대한 개념으로 잡은 채 최종 목표로 삼고 나아가면 노력보단 노동에 가까운 소모를 하게 된다. 최소한의 목표를 잡고 일단 한번 작은 성공을 해보는 뜻깊은 경험을 맞이하는 것이 중요하다. 그 작은 한 번의 성공을 거두기 위해 수없는 시련을 겪어보는 것이다. 단 한 번의 성취가 연쇄작용을 일으키며 내 삶을 성공에 가까운 곳에 안착시켜 줄 것이다.

사랑

예전에야 사랑이라는 단어를 쌍방이 서로를 좋아하는 감정이라고 정의했지만, 이젠 사랑이라는 이름이 생각지도 못한 많은 종류의 애정을 포함한다는 것을 알고 있다. 이를테면 누군가를 향한 미움이나, 추잡스러운 집착이나, 혼자만의 지나친 그리움이나, 두려움에 의한 회피 같은 형태의 사랑도 존재한다고. 받아들일 수 있느냐 없느냐의 차이일 뿐이다. 그러니 난 여전히 사랑을 이어나가고 있는 사람이다. 연애는 하고 사느냐는 질문에, 연애는 안 해도 사랑은 하고 있다는 말을 종종 하기도 한다. 꼭 누군가가 곁에 있어야 하는 건 아니며, 누군가가 나의 마음에 보답해 주지 않아도 된다. 나는 언젠가 어디선가 누군가를 애타게 사랑할 수 있는 다정한 사람이니, 언제나 마음을 다채롭게 유지할 수 있다.

낭만

낭만이란 내가 속한 삶 안에서 자연스럽게 이루어지는 것이지, 모든 것을 내팽개치고 삶 밖으로 나와서 객기 부리는 것이 아니다. 낭만이라는 좀처럼 정의되지 않는 것을 정의할 수 있다는 듯 부르짖는 것이 과연 낭만일까. 낭만이 지배하는 삶은 외려 낭만과는 거리가 먼 삶이라고 생각한다. 낭만에 지배되지 않고 가끔씩 상황이 허락할 때만 즐기는 것이야말로 진정한 낭만이다. 낭만이라는 단어가 삶에 매일매일 존재하길 원한다면, 진짜 낭만과는 거리가 먼 일상을 보내게 될 것이다. 낭만은 '언제나 그래야 하는' 것이 아닌 '언제든 그럴 수 있는' 것을 뜻하는 단어니까.

불안

아무 탈 없는 하루들이 지속되는 것만큼 불안한 일이 있을까? 내 삶이 아무런 오르막과 내리막 없이 일직선으로만 꽂힌다면 그것이 과연 안온한 삶이라고 할 수 있을까? 삶에는 적정선의 불안이 존재해야 오히려 단단한 면역이 생긴다. 이러한 생각을 마음속에 심는 일은 내 삶에 푸릇한 봄을 가져다준다. 완벽한 안정이란, 내가 이겨낼 수 있는 적정선의 불안이 지속됨으로써 기어코 완전히 무너지지는 않는 상태다.

낭만은

'언제나 그래야 하는' 것이 아닌

．
．
．

'언제든 그럴 수 있는' 것을

뜻하는 단어니까.

삶의

어긋난
부분

서로 엇갈려서 맞물려 있지만 일련의 패턴을 가지고 켜켜이 쌓인 건물의 벽돌을 보며, 삶은 상하좌우 반듯하게만 쌓이는 것이 아니라는 생각을 해본다. 아니, 오히려 일렬로 맞추어 동일한 간격과 동일한 방향으로 쌓는다면 쉽게 무너질 터다. 때론 비껴가고 또 걸쳐 있으며 그로 인해 빈틈이 맞물리는 덕에 단단히 조립되어 완성되는 것이더라. 벽과 벽이 만나 구조적으로 결합하기 위해서나, 거센 바람에 쉬이 무너지지 않기 위해서나, 우린 전에 쌓인 벽돌과 동일선상에 벽돌을 쌓을 필요가 없다. 단단한 삶에는 때론 방황과 이탈과 조금의 과도기가 필요한 법이니. 그러므로 내가 추구하는 반듯함이란, 그럼에도 다시 돌아와 그 틈을 채워 넣는 묵묵함에 가깝다.

그러려니

'어떤 일은 그냥 그러려니 넘기는 것이 편하다'라고 적힌 5년 전 메모를 보고 이때 대체 무슨 일이 있었지? 한참을 고민했으나, 결국 어떤 일이 나를 그렇게 힘들게 했는지는 떠올리지 못했다.

나는 힘든 일이 있으면 그때그때 떠오르는 다짐이나 감정의 인과관계를 기록하는 편이다. 요즘은 되는 일과 안 되는 일을 구분 못 하고 끝끝내 붙잡은 채로 끙끙 앓으며 내가 나를 힘들게 한다. 나는 다시 한번 똑같은 내용의 메모를 끄적였다. 그래. 모든 일에서 합당한 이유를 찾으려 하지 말자. 될 때까지 붙잡으려 하지 말자.

'어떤 일은 그냥 그러려니 넘기는 것이 편하다'라고 다시 적는다.

5년 전의 나보다 조금 더 성장했을 나를 기억하며, 한 문장 더하여 '세상엔 내가 종잡을 수 없는 불운이 가득하니' 정도로 마무리한다.

계획도 치밀하게 못 짜면서 욕심은 굴뚝같아서 일을 만들어내고 수습하기 바쁜 게 내 삶이니 그러려니 이해해 줘야겠지. 계산적이지도 못하면서 손해 보는 것은 죽기보다 싫어하는 나의 미련함을 이제는 인정해 줘야겠지.

삶도 관계도 사랑도 매번 처음 겪는 것들 같아서, 나에게는 여전히 벅차기만 하다. 그러나 어떤가. 지금의 힘듦도 몇년 지나면 '도대체 왜 그랬지?' 하며 잊을 것이다. 기억력이 좋지 못한 나는 또 잊어버릴 거다. 망각할 것이다. 지금 적는 다짐과 한탄마저도 숱한 메모 사이에 파묻혀 찾기 힘들어질 거라고 생각한다. 언젠가는 '이때 대체 무슨 일이 있었지?' 하며 힘겹게 떠올리려 해도 좀처럼 기억나지 않을 거라고 말

이다.

"어떤 일은 그냥 그러려니 넘기는 것이 편하다. 세상엔 내가 종잡을 수 없는 불운이 가득하니."

동전의
옆면

흔히 사람들은 동전을 던져서 어떤 일을 점치곤 한다. 앞면이 나올 확률과 뒷면이 나올 확률이 반반이기 때문이다. 그러나 실은 동전을 던져서 나오는 경우의 수에는 한 가지가 더 있다. 동전의 옆면이다. 동전에는 분명 앞면과 뒷면 그리고 옆면이 존재한다. 그러나 옆면이 나올 가능성은 0에 가깝기 때문에, 앞면과 뒷면만을 이야기하는 것이다.

이렇듯, 거의 없다시피 할 정도로 낮지만 존재하는 가능성들이 삶에도 단연코 있다. 존재하긴 하지만 그럴 일이 거의 없는 것들. 어떤 일과 나 사이엔 무수한 방향으로 던져봐도 나오지 않을 동전의 옆면 같은 걱정이 있는데, 분명 확률은 존재하기에 배제하지 못한다. 난 그걸 '과한 걱정' 정도에

빗대고 싶다. 살펴보면 삶은 내 손을 벗어난 동전과 닮아 있어서, 존재는 하지만 이루어질 확률은 거의 없는 과한 걱정들로 가득 차 있다. 매번 나올 숱한 앞뒷면들을 뒤로하고 동전의 옆면처럼 극히 드문 가능성 때문에 소중한 시간을 낭비하고 있다면, 인생에 그만큼 헛된 일이 또 있을까.

극심한 걱정에 사로잡힐 때는 동전의 옆면을 생각하자. 그리고 동전의 앞면과 뒷면만 기억되고 옆면은 깔끔히 잊어버리듯 그 걱정의 존재를 잊어버리자. 억지로 가능성을 만들 순 있지만, 내가 그렇게 하지 않으면 일어나지도 않을 일들이라고. 우연히 일어나기엔 너무 터무니없는 일들이라고. 과한 걱정은 결코 실현되지 않는다고.

다분히 나올 법한 앞면과 뒷면을 두고 옆면만을 걱정하는 하루가 없으셨으면 좋겠다. 삶에는 당신의 생각만큼 기적이 자주 일어나지 않는다. 늘 그랬듯 옆면이 아닌 앞면이나 뒷면으로 당신의 방향이 결정될 것이다.

마음의 환절기

계절이 바뀌려면 환절기라는 구간을 지나야 한다. 환절기에
는 낮과 밤이 확연한 온도차를 보이기에 '감기 조심하시라,
건강 잘 챙기시라'는 인사말이 흔히 오가곤 한다. 한낮에는
반소매, 어스름한 저녁에는 패딩을 입어야 할 정도로 일교차
가 클 때도 있어서 몸살이나 만성질환이 도드라지게 올라오
기도 한다.

계절이 오고 가며 겪는 이 불안정한 시기는 날씨뿐 아니
라 삶에도 존재하는데, 이 시기를 청춘이라 정의하고 싶다.
청춘. 급격한 변화들에 둘러싸여 낮과 밤의 온도가 제법 다
른, 바뀐 온도를 맞이하기 위해 반드시 견뎌내야 하는, 발가

벗은 마음이 안락하지 못한 낯선 공간에 툭 내던져지는 시기. 나이가 많고 적고를 떠나 어떠한 구간에서 다음 구간으로 가는 변곡점에 이를 때마다 우린 청춘을 겪는다.

인생의 환절기에는 때에 따라 적응해야 하는 것들이 참 많기에 마음 감기를 앓기 십상이다. 골골 앓으면서도 몸을 일으켜 출근해야 하는 직장인들처럼, 우린 청춘이라는 시기에 마음 한구석에서 감기를 골골 앓으며 어딘가로 향한다. 사람을 만나거나 관계를 구축한다. 허투루 보내기엔 아까운 낭만적 시기라 여기며 여행을 가기도 하고, 여러 취미를 즐기며 잘 살고 있다고 뿌듯해하기도 한다.

그러나 기억해야 할 것. 이 시대의 청춘에 나이 제한이 없다는 사실이다. 청춘이라는 단어는 흔히 젊은이에게 적용되지만, 100세 시대인 지금 인생에는 무수히 많은 변화가 잇따르고, 그에 맞게 질풍노도의 시기 또한 여러 번 존재한다. 그런 의미에서 우리 생은 수많은 환절기를 겪듯 수많은 청춘을 겪을 터다.

주기적으로 변화하는 마음의 계절과 온도, 그에 따라 찾아오는 인생의 전환점에서 무엇보다 나의 마음만큼은 쉬게 해주는 것이 옳다. 무엇에 명백히 집중하되, 다가올 계절을 맞이할 준비를 하는 것이다. 무작정 바쁘다고 좋은 방향은 아닐 것이며, 많은 생각에 사로잡힌다고 해서 잘 가고 있는 것 또한 아닐 것이다. 많은 사람을 만나며 쏘다닌다고 해서 해결될 문제는 없으며, 너무 많은 취미와 자극을 추구하는 것 또한 에너지 소모로 이어질 수 있다.

환절기가 오면 건강에 유의하며 돌아다니듯, 생의 청춘을 맞이할 때는 유독 약해지는 마음을 단단히 잡아줄 준비가 필요하다. 때론 거추장한 관계를 떨쳐보고, 쉬는 날이면 어딜 가야만 직성이 풀리던 버릇을 고쳐보고, 그렇게 역동적으로 움직이는 마음을 제자리에 안착시키며 사색에 빠져보는 시간이 필요하지 않을까.

청춘이 아름다움과 활발함만을 의미하는 시대는 지났다.

많은 것이 빠르게 변하고 반복되고 있다. 우리에게 청춘은 봄날보다는 봄날이 오기 전의 환절기에 가깝게 정의되어야 한다.

변화를 앞두고 있는 당신은 분명 청춘이다.

변화하고 있기에 아름답지만 그렇기에 가장 불완전하고 불안정한.

마음이 병들기 딱 좋고 그래서 무언가에 자꾸 기대고 싶은.

자신을 굳건히 지켜내며 올곧게 바로잡아야 할 마음의 환절기.

좋아하는
것들로

나를 채워가기

좋은 것들을 곁에 둘수록 삶은 자연스럽게 풍요로워진다. 그
것들은 먼지가 잔뜩 묻어 텁텁해진 나의 하루를 씻어주며,
쌓이는 부정적인 감정 속에서도 결코 내가 썩어가진 않도록
감정을 정화해 주곤 한다. 좋아하는 것들이 주변에 있으면
하루의 안온과 삶의 다채로움을 위해 이상에 가까운 행복을
찾아다니지 않아도 되며, 내가 품은 그릇 이상의 성공이나
성과를 추구할 필요가 없어진다는 것을 이제는 안다. 좋아하
는 색깔의 옷, 촉감이 까끌까끌한 이불, 품고 싶은 향의 인센
스 스틱, 머리맡에 두고 두고두고 읽는 시집. 꼭 물건이 아니
어도 괜찮다. 사랑하는 엄마가 적어준 생일 축하 카드, 날 응
원해 주는 친구의 문자 메시지, 그리고 언젠가 다짐했던 나

의 새해 목표들. 좋아하는 것들로 내 방을 채우고, 다정한 것들이 보이는 곳에 머무르는 것. 내가 다짐한 것들을 결코 잊지 않는 것. 내 기준에서 사랑하고 애정하는 것들이 도처에 있는 시간과 공간은 어떤 일에도 꺾이지 않게끔 나를 지지해주곤 한다. 보고 싶고 만지고 싶고 듣고 싶은 것들로 나의 주변을 차곡차곡 채워가야지. 그렇게 윤슬처럼 아름답고 풍요로운 하루를 보낼 줄 아는 내가 되어, 사랑하는 누군가에게 덧없이 깨끗한 다정만을 건네주고 싶다.

늘 그렇게,
규칙적으로

최근 2만 원이 넘는 치킨은 서슴없이 배달시키지만, OTT 서비스 구독료는 부담스러워하는 현대인을 풍자하는 게시글을 보았다.

배달비: 20만 원

의류: 15만 원

술값: 25만 원

좋은 소비였다.

넷플릭스: 1만 3500원

내 통장 기둥째 뽑아 가라…….

물론 지극히 과장된 농담이지만 한편으론 공감하는 부분이다. 지출 내역을 잠깐만 살펴봐도 콘텐츠 구독료보다 몇십 배 비싼 지출들이 수두룩하지만, 그것보다 넷플릭스나 디즈니플러스 구독료가 훨씬 아깝게 느껴진다.

그 심리는 정기적인 지출이라는 부담 때문일 것이다. 그러나 사실 삶에 정기적인 지출이 아닌 것은 거의 없다. 하물며 물을 마셔도 매달 마시는 만큼 지출된다. 매달 한 번쯤은 유흥비도 지출하고, 옷을 사는 데도 지출한다. 세탁비도 지출하며, 집을 따뜻하게 하는 데도 정기적인 지출이 따른다. 그런데도 '콘텐츠 구독'이 유독 아까운 건 실물이 없는 것을 산다는 기분과 매달 예상되는 지출에 대한 부담 때문일 것이다. 대부분의 서비스나 재화는 매일 매달 또는 매년 정기 구독이지만, 그것을 무형의 상품에 대놓고 적용하는 순간 아깝다는 생각이 들거나 '매달?' 하며 거부감이 생긴다. 많은 구독 서비스가 우후죽순 출시되었다가 소리 소문 없이 사라지는 이유는 정기적인 지출에 대한 소비자의 거부감에 있다.

이처럼 정기적으로 예고되는 에너지 소모 또한 똑같은 거부 반응을 일으킨다고 생각한다. 특히 보이지 않는 불투명한 미래를 위한 행동들이 그렇다. 면밀히 따지면 삶은 비슷한 패턴의 반복이니 살아가면서 단 한 번만 하고 마는 일은 잘 없다. 청소를 한다고 해도 주기적으로 언제 청소를 꼭 해야 한다는 개념이 없을 뿐이지 우린 방이 더러워지는 주기에 맞춰 청소를 하고 있다. 그러고는 깨끗한 방을 확인한다.

이따금 관계도 청소한다. 불필요한 만남을 줄이고 내 연락처를 깨끗하게 만든다. 분명 예전에도 그랬고, 나중에도 언젠가 그런 청소의 주기가 올 것이다. 그러고 나면 삶은 가벼워진다. 휴대폰을 바꾼다. 언젠가 지금 바꾼 휴대폰의 수명이 다하거나 갖고 싶은 휴대폰이 새로 출시되면 휴대폰을 바꾸는 행위도 나는 반복할 것이다.

그러나 이 모든 일에는 반복되리라는 것이 정확히 예고되지 않고 있다. 게다가 대부분은 결과 또한 눈에 뻔히 보인다. '방을 청소할 때 다음번 청소 주기를 미리 생각하는가?

관계를 정리할 때 다음번 정리 주기를 미리 정해두는가?'를 생각해 보면, 딱히 그 주기를 계획해 두진 않는다.

그런 의미에서 우리에게 미리 그럴 것이 예고된 일이란 커다란 에너지 소모로 이어진다. 일반적으로 수험이 많은 학생들에게 고통과 불안을 안겨주듯이. 수험은 오늘 열심히 했지만 내일도 그래야 한다는 것이 예고되는 일이고, 올해 열심히 했지만 성과가 뚜렷하게 보이지 않으면 내년에도 또 거듭해야 하는 일이다. 불확실하고 보이지 않는 미래에 꾸준히 투자해야 하는 일들, 지속되는 노력, 지속되는 도태, 지속되는 이어짐과 만남 같은 것들, 그에 따라 예상되는 이별과 실패 등은 경험해 보았든 아직 경험해 보지 못했든 몸과 마음에 거부반응을 일으킨다.

그런 의미에서 무언가를 늘 규칙적으로 하는 사람들의 꾸준함과 용기를 응원한다. 반복이 예고되어 있는 일을 묵묵히 해 나가는 모든 이를.

그들에게 가닿을 위로의 말이 있을까? 단순히 '잘될 거야. 잘할 거야. 성공할 거야'라는 말보다는 조금 더 현실적인 말을 꺼내보고자 한다. 힘들 가치가 있는 일이길 바랍니다. 그쪽이 그렇게 용기를 내고 포기하지 않고 에너지를 쏟는 그 일, 그럴 만한 일이기를 바랍니다. 실패를 하더라도 가치가 있는 일이었기에 반드시 얻어 가는 것이 있기를 바랍니다. 성취했다면 그 성취가 다음 성취로 가기 위해 필요한 것이었기를 바랍니다. 그럼에도 힘에 부치는 날이면 기억해야 할 것이 있습니다. 지속적인 노력이 필요한 그 일을 묵묵히 받아들인 당신은 앞으로 뭐든 해내지 못할 일이 없다는 것입니다.

힘들 가치가 있는 일이길 바랍니다.

그쪽이 그렇게 용기를 내고

포기하지 않고 에너지를 쏟는 그 일,

그럴 만한 일이기를 바랍니다.

．
．
．

실패를 하더라도 가치가 있는 일이었기에

반드시 얻어 가는 것이 있기를 바랍니다.

우리
모두는

유약하므로

도자기에 유약을 바르는 이유는 거친 표면을 매끄럽게 만들고, 도자기의 강도를 높이기 위해서라고 한다. 도자기뿐이랴, 아무리 강인한 사람이더라도 마음에 유약을 발라야 한다. 그리고 화(火)를 입는다. 그럼으로써 모난 부분이나 까끌까끌했던 심성이 매끄러워지고 강도는 더욱 단단해진다. 우리 모두는 한때 부드러운 반죽이었고 유약했기에 조금 더 괜찮고 단단한 사람으로 거듭난다. 도자기 물레 안에서 휘청일 순 있으나 결코 구부러지지 않는 강인함을 얻는다. 그러니 유약해지는 것은 결코 나를 절벽으로 몰아가는 것이 아닌, 좀 더 괜찮은 구석으로 나를 몰아세우는 것이다. 삶이 건네준 순간적 풍파 속에서 기억해야 할 것은 이 폭풍이 나를 더 강하게 만드리라는 일말의 긍정이다. 우리 모두는 태생이 유약하므로, 유약함과는 거리가 멀게 성장해 갈 수 있는 것이다.

삶이 건네준 순간적 풍파 속에서

기억해야 할 것은

:

이 폭풍이 나를 더 강하게

만드리라는 것.

그럴
만한

이유가 있다

어릴 적엔 TV에 나오는 스포츠카를 보며 막연히 생각했다. 자동차에 뒷날개는 왜 다는 거지? 생각이 꼬리에 꼬리를 물다가 감이 잡히지 않아 그저 꾸미기 위한 용도일 거란 결론을 지었던 적이 있다. 일반적인 차에는 뒷날개를 달지 않는 걸 보면, 스포츠카와 일반 차를 구분하기 위한 장식인가 보다 정도로 생각했다.

　시간이 지나 알게 된 사실은, 뒷날개가 속도 경쟁을 하는 스포츠카에 필수 요소라는 것이었다. 공기 저항을 줄이거나 빠른 속도에서 나오는 부력 때문에 차체가 뜨는 것을 방지하기 위해 존재한다고 한다.

내가 몰랐지만 꼭 그래야만 하는 이유가 만사에 존재한다는 사실을 배우고 깨우쳐가며, 삶에 존재하는 어떤 감정과 시기도 최선으로 달려가기 위한 필수 요소이지 않을까 생각한다. 일정 트랙에서 최고점의 속도를 유지하기 위해 그 감정과 상황을 가지며 달려 나가고 있는 거라고. 삶이 가진 고유의 부정함이나 비루함, 첨예함, 흐트러짐, 굽어짐, 모든 감정과 시기는 그 형태로 존재하기에 나의 삶이 이렇게 제 역할을 수행할 수 있다. 지금의 내가 아직 성숙하지 못하기에 그 존재 이유를 모르고 있을 뿐이라고. 부정적인 것은 왜 존재하는가? 사람은 왜 아파야 하는가? 왜 슬퍼야 하는가? 왜 잃어야 하는가? 등 의문을 품고 떨쳐내고 싶은 것들 모두가 사실은 그 상태로 존재했어야 한다고, 완벽히는 아니지만 대체로 이해한다.

해마다 가장 많은 사람을 죽음으로 몰아넣는 해충인 모기조차도, 멸종해 버리면 지구의 생태 일부가 파괴되는 것처

럼. 나의 삶을 하나의 생태로서 관측해 본다면, 해악으로 보이는 것들조차 필수 요소로 자리 잡고 있는 건 아닐까. 그조차 생겨나야 할 만한, 견뎌내야 할 만한, 달고 살아야 할 만한 인과를 가지고 있는 거라고, 필연 아닌 필연처럼, 그렇게 해야만 이렇게 존재할 수 있는 거라고 말이다.

모두 그럴 만한 이유가 있다는 사고는 지금 당장의 먹구름을 유유히 지나칠 수 있는 좋은 태도이며 비결일 것이다.

성장에도

때가 있는
법

몸에 좋다는 약을 백 가지 먹는 것보다 몸에 해로운 한 가지를 끊는 것이 건강에 더 이로운 법이다. 행복한 경험을 백 번 하는 것보다 불행한 경험을 한 번 덜 겪는 것이 정신적으로 더 안온할 수 있다. 좋은 사람 백 명 사이에 있는 것보다 해가 되는 사람 한 명을 멀리하는 것이 관계 안에서 덜 고통받는 방법이다. 삶의 질은 좋은 것을 곁에 많이 두면 상승하지만, 이미 약해졌거나 병든 마음에는 그렇지 않다. 마음의 회복은 안 좋은 것을 하나둘 멀리하는 데서부터 이루어진다. 마음이 이미 나약해지고 부정적으로 바뀌고 있다면 아무리 좋은 것들로 다채롭게 가꾸어간다 해도 막을 수 없는 일이 되어버리곤 한다.

그렇기 때문에 한 살이라도 적을 때 사람을 많이 만나보라는 말이나 겁먹지 말고 갖가지 경험을 해보라는 말이 때론 무책임한 조언은 아닐까 생각하곤 한다. 물론 틀린 말은 아니다. 많은 것을 마주하며 깊고 넓은 경험을 해야 큰 화를 면할 안목이 생기고, 삶을 더 높은 상승곡선으로 이끌어줄 기류를 만나게 되는 거니까. 그러나, 그러다 혹시 모를 악운을 만나 더 망가지면 어쩌지, 이미 약해져 버린 마음이 더 악화되면 어쩌지. 괜히 상처에 연고 바를 틈조차 없이 더한 상처를 덧댈 수도 있다.

많은 경험으로 성장할 수 있다는 말은 지극히 건강한 상태의 사람에게나 적용되는 말이다. 한때 유약한 마음을 달고 살던 이들에겐 그저 자극을 피하면서 천천히 회복하는 게 최선일 때가 분명히 존재하기에. 연약한 마음일수록, 세상 밖으로 저돌적으로 뛰쳐나가기보단 지금 당장 쏟아지는 소나기를 피하는 시기가 필요하다. 그렇게 처마 밑에서 마음을 고르게 보존해 두며 보살피는 것. 괜한 부침을 겪지 않도록 마음을 숨겨두는 것. 그러다 괜찮아진 마음으로 다시 무던히 경험의 길에 오르는 것. 회복해야 하는 때가 있고 발전해야 하는 때가 있다. 일단 좋지 않은 걸 피하기만 해도 되는 시기가 있다. 우리의 삶이 늘 강인하고 단단하기만 할 수는 없으므로.

흔들리는

나를 안정시켜 주는

인생관

나의 하루를 즐겁게 가꾸어가기

내 인생이 별 탈 없고 재미있으면, 타인에 대한 관심도 당연히 적어지며 미래 대비나 나 자신의 발전에만 심혈을 기울일 수 있다. 삶에서 비롯되는 예민함이나 잡음은 대부분 내 인생이 아닌 남의 인생만 집착적으로 관찰할 때 생겨나며, 삶에 대한 전반적인 만족은 나 자신의 하루에 오롯이 집중할 때 얻을 수 있다. 우선 내 마음을 안정시키고, 재미있는 하루를 위한 일들을 만들어야 삶을 발돋움할 기회가 온다. 다급해진 마음에 무턱대고 무언가를 시도한다 해도 달라지는 것은 없는 이유가 여기에 있다. 조급한 마음으로 아등바등 시도만 하는 것은, 지속 가능성이 아주 적은 노력에 가깝다. 바쁜 하루 속에서도 브레이크타임을 가지고 나만 아는 놀이를 만들어보자. 사소한 것에서부터 나의 삶에 즐길 거리를 두어 나의 하루를 다정다감히 가꾸어야 한다. 그렇게 나를 바라보는 여유를 두어야 안 될 일도 풀리는, 묘한 공식이 삶에는 분명히 작용한다.

누구에게나 사랑받을 수 없기에
누구에게나 사랑받을 수 있다

내가 누구에게나 사랑받을 수 없다는 사실을 인정하는 것은 외려 누구에게나 사랑받을 가능성을 활짝 열어두는 일이다. 상대에게 내 마음을 건네주는 순간 나에게 상처를 줄 권리 또한 함께 건네는 것이므로, 갖가지 상처와 미움을 수용할 용기를 가지는 것은, 다정다감함 역시 있는 그대로 받을 수 있는 넓은 마음으로의 나아감과 수용을 뜻하는 것이다. 누구에게나 사랑받을 수 없음을 인정하는 것이 사랑의 성장이다. 다정한 마음 근처에는 그에 상응하는 상처의 가능성이 숨어 있고, 숱한 미움 근처에는 기필코 사랑이 존재한다는 것을 인정하고 이해해야 한다.

잘난 사람은 완벽한 사람이 아니라
떳떳하게 부족한 사람이다

자신의 부족함을 진정으로 이해한 사람은, 결코 고개 숙이고 다니지 않는다. 누군가 자신을 험담하든 뒤에서 깎아 내리든 상관없이 고개를 빳빳하게 세우고 다닐 수 있다. 스스로에 대한 평가를 게을리하지 않는 것만큼 자신을 좋은 사람으로 가꾸는 방법은 없다. 사람은 언제나 일정 부분에서는 부족하니, 그것을 충분히 인지하고 고치려는 노력만으로도 어진 사람으로 거듭나기 위한 발판이 충분히 갖추어진 셈이다. 자신 감은 고매한 성품이나 지식에서 나오는 것이 아니라 내가 유약하고 부족하다는 걸 인지하는 데서 나온다. 자존감은 결점 하나 없어야 얻어지는 것이 아니라 스스로의 결함을 인정하고 빈틈없이 채워감으로써 얻어지는 것이다.

나의 생각만이 나의 것이다

삶을 살며 알게 된 것은 남에게서 얻은 충족이 아닌 스스로에게서 얻은 충족만이 유일한 자산이 된다는 것이다. 스스로 깨달은 것 말고는 무엇이든 언젠가 내 곁을 떠나갈 수 있다. 그 말은 곧 그것들이 언제든 다시 내 곁으로 돌아올 수 있다는 뜻이기도 하다. 가진 것이 쥐뿔도 없는 사람이 되더라도, 언젠가 다시 가질 수 있으리란 자신감만 잃지 않는다면 갖지 못한 것에 대한 불안과 염려 또한 별것 아니게 되며, 없어지진 않을까 안절부절못하는 집착도 줄어든다. 나 스스로에게서 얻은 충족이라 함은 대부분 유형이 아닌 무형의 자산으로 존재한다. 이를테면 "누구보다 성공하진 못하더라도, 누구보다 행복할 자신은 있다"라거나, "나를 지지해 주는 소중한 몇 사람만으로 충족하며 살아갈 수 있다"라는 따위의 사상과 관념만이 살면서 나에게서 절대 사라지지 않는 유일한 자산이 된다. 그 외의 것들은 언제나 있다가도 없어지고, 없다가도 있어질 것들이다.

신은 내가 견딜 수 있을 만큼의 시련만을 안겨준다

내가 이겨내지 못할 시련은 없다는 것을 알게 되었다. 내가 세상이 주는 온갖 시련을 다 이겨낼 정도로 단단하고 강인하다는 오만함이 아니다. 삶의 시련 역시 의외로 내 그릇의 넓이와 깊이만큼만 존재한다는 뜻이다. 나의 속도에 맞추어 고난 또한 따라온다. 신은 내가 견딜 수 있을 만큼의 시련만을 안겨준다는 말도 이런 의미를 담고 있을 것이다. 나의 하루 위에 두둥실 떠 있는 부정적인 관념들은, 내가 보는 시야에 한정되어 있다. 내 시야 바깥에 즐비해 있는 풍파는 당장 나의 것이 아니기에. 삶을 전체적으로 바라보면 너무나 많고 깊은 시련이 존재하지만, 견뎌내야 하는 시련은 지금 당장 나에게 닥친 것에 제한되므로, 나는 분명 견뎌낼 수 있을 것이다. 내 세상의 부정은 한철 먹구름처럼 흘러갈 것이다. 내 세계의 크기만큼만 힘들 것이며, 내 세계의 크기만큼만 아프고 고단할 것이다. 그렇기에 나는 기필코 언제 그랬냐는 듯 맑게 갠 하늘을 맞이할 것이다.

내 세계의 크기만큼만 힘들 것이며,

내 세계의 크기만큼만 아프고 고단할 것이다.

．
．
．

그렇기에 나는 기필코 언제 그랬냐는 듯

맑게 갠 하늘을 맞이할 것이다.

난
아플 때마다

당신들을
찾는다

02

헤어지더라도
결코

해지지 않을 사람들

'해지다'는 '해어지다'의 준말로, '닳아서 떨어지다'라는 뜻이다. 정말 사람과 사람이 헤어질 때가 온다면, 그건 관계가 닳아서 떨어진 것일까. 대부분의 경우 그렇다는 전제를 부정하진 못하겠다만, 모든 관계가 닳아서 떨어졌기 때문에 끝난다고 생각하지는 않는다. 아니, 그렇지 않으리라 믿는다.

낡거나 닳거나 녹슬어서 절단면이 너덜너덜해진 게 아니라, 너무나도 깔끔하게 잘라냈기에 언제든 다시 이어 붙일 수 있는 사람들이라고 믿는다. 약간의 균열은 남아 있을지라도 다시 이어질 수 있을 거라고 믿는다. 미련한 믿음 하나 더 보태면, 그 순간이 오기까지 그리 오랜 시간이 걸리지는 않을 거라고 믿는다.

관계에 대한 헛된 기대와 과한 바람은 늘 있었고 잇따라 실망하기 마련이었지만, 난 피터팬처럼 여전히 크나큰 동심을 품고 살아간다. 사람과 사람 사이에 마지막이 오더라도 그게 영원한 안녕은 아닐 거라고. 도마뱀의 꼬리처럼 잠시 잘려 나갔을 뿐, 닳아서 떨어진 건 아니라고. 분명 새살이 돋거나 절단면을 깔끔하게 이어 붙일 수 있는 찰나의 헤어짐일 거라고.

낡거나 닳거나 녹슬어서

너덜너덜해진 게 아니라,

너무나도 깔끔하게 잘라냈기에

언제든

다시 절단면을 이어 붙일 수 있는 사람들이라고.

난
아플 때마다

당신들을 찾는다

몸이 아프면 생각나는 사람들이 있다. 행복에 둘러싸여 있거나 삶이 안온할 때에는 좀처럼 생각나는 일 없이 잊고 살다가도, 내가 조금만 연약해지면 떠오르는 사람들. 마음의 길에는 설명할 수 없는 귀소 본능이란 게 존재하는 걸까. 엄마, 아빠, 그리고 고향 길, 옛날 우리 집 강아지, 이제는 어디 사는지도 모르는 소꿉친구들, 사랑하는, 사랑했던 나의 옛 애인. 나를 무작정 품어주었거나, 길을 잃어도 저절로 찾아갈 수 있을 만큼 익숙했던 사람들. 자주 보며 소중함을 표현하진 못했지만 언제나 내 인생의 맨 앞에 존재했던, 어쩌면 지금까지 나의 삶을 지지해 왔고 앞으로도 지탱해 줄 사람들. 언젠가 잃어버렸고 엇나가기도 했기에 이젠 남과 같은 사이가 되었지만, 그럼에도 미움보다 앞선 다정이 떠올려지는. 증오보단 애정이 새어 나와 골골 앓는 나를 치유해 주는.

　사람은 몸이 아플 때마다 마음도 따라 유약해지므로, 그럴 때마다 한없이 다정했던 품으로 돌아가는 꿈을 꾼다. 괜한 안부 인사가 서툴러서 그저 마음으로만 잘 지내시냐 묻고 싶어진다. 서로 다른 방향으로 향하던 그 분기점이 따뜻한 봄날이었던, 소중한 기억으로 귀화하고 싶어진다.

삶이 안온할 때에는

좀처럼 생각나는 일 없이 잊고 살다가도,

내가 조금만 연약해지면 떠오르는 사람들.

．
．
．

마음의 길에는 설명할 수 없는

귀소 본능이란 게 존재하는 걸까.

클래식

방을 꾸미고 싶어 작은 스탠드를 사려는데, 클래식한 스탠드
가 도무지 보이질 않습니다. 스마트니 블로우니 센서니 복잡
한 이름으로 둘러싸여 여기저기 전시되어 있어요. 난 가장
클래식한 스탠드를 사고 싶은데, 자꾸 어떤 물건의 본래 기
능 이상이 딸려 오려 합니다. 많은 것이 날이 갈수록 그 이름
과 형태가 다양해져서 근본이 희미해진다는 느낌을 지울 수
없습니다.

집에 들어와 일기장에 적습니다. "오늘은 사고 싶은 물건
을 사지 못했다"로 시작합니다. "이유는 그것이 너무 진화해
서 그랬다"로 이어갑니다. "나의 만남 또한 너무 진화한 나
머지 사고팔지 못하는 건 아닐까"라는 문장까지 더하여 마

무리합니다. 현시대의 다양한 만남과 수단에 지쳐, 다듬어지지 않아 날것에 가까운 이어짐이 그리워지기도 합니다.

문자 한 통 없이도 약속을 잡았던 어릴 적 친구나, 인터넷이 존재하지 않아 확인할 수 없었던 내가 좋아하는 아이의 하루. 종이와 연필로 전했던 마음이나, 읽었는지 읽지 않았는지 알 수 없던 메시지들. 시대가 흘러 만남과 확인이 간편해진 탓에 낭만과 설렘은 덜하다는 생각, 이걸 보는 당신도 해보았을까요.

그나저나, 곧 봄입니다. 올봄은 근 몇 년간 우리가 지나온 봄보다 클래식한 봄이 될 수 있을까요. 가령, 벚꽃 축제에 갔다가 사진 찍는 사람들에 치여 너덜너덜해지는 봄 말고, 꽃이 다 저물어 갈 즈음 우연히 벚나무가 만개한 거리를 걸으며 둘만의 소소한 꽃놀이를 즐기는 봄. 기록하지 않고 기억되는 봄, 예약하지 않고 맞이하는 봄, 정해두지 않고 정해지는 봄.

사람의 마음도 결국 사들이는 거라면, 사람의 마음도 물건처럼 전시되어 있다 치면, 난 조금 더 발전하지 않은 사람들의 마음에 들어 팔려 가는 사람이고 싶습니다. 또는 좀 더 클래식한 사람의 마음을 발견해 사버리고 싶습니다.

　　조금 서툴고 어리숙하고 촌스러운 사람과의 이어짐이, 조금 그립고 아주 애틋한 요즘입니다.

그나저나, 곧 봄입니다.
올봄은 근 몇 년간 우리가 지나온 봄보다
클래식한 봄이 될 수 있을까요.

사람의 마음도 결국 사들이는 거라면,
난 조금 더 발전하지 않은 사람들의 마음에 들어
팔려 가는 사람이고 싶습니다.

관계의
꽃과

가시

사람의 마음은 장미와 같아서 관계가 어느 정도 따뜻해지면 아름다운 꽃을 피운다. 그러나 동시에 꽃을 쥔 손을 찌르는 가시도, 함께 자라난다. 친근함 주변에 무례함이라는 가시가 돋아난다. 선뜻 아름다워서 쓰다듬으려는데 선을 넘어서는 무례함이 관계를 자꾸 헐게 하기도 한다. 각자가 정의하는 무례는 상대적이고 그 경계도 다르기에, 누구나 마음이 가까워지면 자기도 모르게 선을 넘어 무례를 범할 수 있다. 나에게는 별일 아닌 일이 상대에겐 상처가 될 수 있고, 나에게는 약점으로 느껴지는 부분이 상대에겐 대수롭지 않은 사실일 수 있는 것이다.

그렇기에 표현을 정확히 해주는 이들만큼 곁에 오래 두기에 좋은 사람들이 없다. 가까워질수록 어쩔 수 없이 표현법의 차이가 드러나기 마련인데, 그게 자신에게 상처로 다가올 수 있는 말임을 정확히 알려주거나, 아직은 침해받고 싶지 않은 영역임을 확실히 그어주는 사람들. 이 부분만큼은 관여받고 싶지 않다고 단호하게 말해줌으로써 서로에게 가시를 세우는 상황을 최대한 만들지 않는 사람들.

관계란 불완전한 이해에서 시작해 완전한 이해로 다가가고자 하는 마음에서 만들어지는 테두리다. 모든 부분이 맞지 않는 것이 당연하고, 많은 부분이 내 이상과는 거리가 멀 수밖에 없다. 그러나 그 괴리를 방관하며 관계를 점차 비루하게 만들어가느냐, 아니면 최대한 흠집이 나지 않도록 서로에게 조심하자고 권고하느냐는 선택할 수 있는 영역이다.

관계가 가지고 있는 선천적인 한계를, 우린 후천적인 방법을 통해 충분히 개선할 수 있다.

때에 맞게, 그리고 적당한 온도로 나의 예민한 구석을 알려주는 것은 관계를 가꾸는 데 최선의 비결이자 최고의 방법이다.

엄마의 말

영욱아, 꼭 기억하며 살아야 할 것이 있다. 네 인생에 도움을 주는 사람은 있더라도 대신 살아주는 사람은 절대 없다. 그러니 자신이 스스로를 잘 챙겨야 한다. 알아서 건강도 잘 챙기고, 마음도 잘 챙기고. 필히 보살필 줄 알아야 한다.

하물며 남을 위해 살진 말거라. 결코 그러진 말거라. 오직 너를 위해 살며 이용하되, 마땅한 도움을 주어야 한다. 이 엄마조차도 60년을 넘게 살았는데, 아직까지 외로움이고 인생이고 건강이고 행복이고 다 내가 헤엄쳐야 하는 거더라. 알겠지? 나만이 책임질 수 있는 것이기에, 삶이 값진 것이란다.

인간관계가
어렵게 느껴질 때

다짐했던 것들

선택적 회피형 인간으로 살자

어떤 상황에서, 이제는 이 사람과 다시는 안 보고 살 것 같다는 감이 올 때가 있다. 각자가 처한 상황이 너무 달라 대화가 통하지 않거나, 가까이 지내기엔 용납할 수 없는 점을 그에게서 발견하거나. 그런 확신이 들면, 그 사람에게 가진 불만을 꺼내지 않는 편이다. 계산할 것이 남아 있더라도, 미약한 수준의 손해라면 눈치 없는 척하고 그냥 희생한다. 괜한 감정 들여가며 말을 꺼내는 것도, 시시비비를 가리는 것도, 머리 굴리며 계산하는 것도 사실 나에게 불이익이다. 차라리 그 에너지를 다른 긍정적인 곳에 투자하는 편이 내 인생에 몇 배 더 이롭다. 어쩔 수 없이 지속되어야 하는 인간관계들 속에서 어느 정도 나의 마음을 이롭게 유지하는 방법 중 하나다.

거절 못 하는 사람이
세상에서 제일 귀찮은 사람이 된다

나에게 큰 잘못을 하지 않았는데도 내 에너지를 소모시켜서 피하고 싶은 사람은 거절 하나도 똑 부러지게 하지 못하는 사람이다. 의사 표현을 솔직히 못 하고 뺑 둘러대거나, 자신의 이야기를 과장하거나, 의지를 관철시키기 위해 거짓말로 사정하는 사람이 있다. 괜히 받지 않아도 될 상처를 상대에게 주기도 하며, 사실만 말해줬으면 느끼지 않아도 될 배신감까지 들게 하는 사람이다. 무엇 하러 괜한 미움을 늘리는가? 미안한 마음에 변명만 늘어놓는 것은 그 누구에게도 이롭지 못한 습관이다. 그래서 난 어떤 부탁을 받았는데 들어줄 수 없거나, 약속을 지키지 못할 것 같은 상황에선 최대한 간단히 거짓 없이 단호하게 의사를 표하는 편이다. 그게 나와 상대를 위한 최고의 의사 표현법이다.

내 역할만 잘해도 된다

구조가 얽히고설킨 집단인데 별 탈 없이 잘 굴러간다면 그 비결은 각자가 맡은 일을 묵묵히 해내는 것에 있다. 각자의 역할을 톡톡히 해내는 것. 악어와 악어새처럼 공생하는 사람들도 있고 이인삼각이라도 하듯 함께 헤쳐 가는 데서 힘을 얻는 사람들도 있지만, 그럼에도 세상은 각자 맡은 일에 최선을 다할 때 최선의 속도로 탈 없이 굴러간다. 그 다정한 취지는 알겠다만, 괜히 신경을 이리저리 흐트러뜨리거나 참견하기보다는 내 몫의 일 인분만 하자는 식의 사고가 외려 탈 없이 이로운 관계를 구축하며, 어지러운 집단 속에서 무난히 안착할 수 있는 방법이다.

때를 가리지 않고 웃는 것은
관계를 해치는 습관이다

일과 관련된 대화를 할 때 나오는 헛웃음을 경계해야 한다. 상대의 말을 듣는 와중에 짓는 웃음이든, 문장의 끝에 흐리듯 띠는 웃음이든. 별 내용도 아닌 말에 헤벌레 웃는 습관이 있다면 이 또한 조심해야 한다. 헛웃음은 듣는 이로 하여금 기분 나쁜 상황을 연출할 수 있으며, 이유 없는 웃음은 헤픈 사람이라는 오해를 불러일으킬 수 있다. 정말 참을 수 없는 웃음이 아닌 대부분의 경우는 자의적인 웃음인데, 이것이 습관처럼 무의식에서 튀어나온다면, 마음 단단히 먹고 고치는 편이 좋다. 특히 가족이나 소꿉친구처럼 나를 심도 있게 이해하는 이들과의 대화가 아니라면, 딱히 어떤 이유도 없는 웃음은 공적인 관계를 망치는 역할을 하기에 충분하다.

내 감이 맞다

이 사람과 더는 엮이지 않는 게 좋겠다거나, 손절해야겠다는 감이 왔다면 아이러니하게도 그 감이 정확할 때가 많다. 물론 모든 감의 정확성이 100퍼센트에 수렴할 수는 없겠지만, 그럼에도 나의 감이 맞다. 이를테면 어떤 사람이 나를 슬슬 긁거나 조롱하는 듯한데, 주변인들은 그가 그런 사람은 아니라며 변호했던 적이 있었다. 주변인의 옹호가 객관적으로 보았을 때 맞더라도, 주관적으로 나에게 틀리다면 틀린 것이다. 그의 말투나 단어 선택이나 행동거지의 결이 나의 이해와 정도에 맞지 않는 것이 분명하다. 관계는 주관적인 감정 안에서 이루어진다. 우리 가족과 남의 가족은 감정을 판단하는 잣대 자체가 달라서 관용과 이해의 폭도 달라진다. 타인이 그 상황을 두고 하는 평가, 또는 그 사람의 상황과 핑계보다도 내 주관적인 감과 감정이 우선인 것이 맞다.

사람은 자산보다는 자원에 가깝다

나를 지지해 주는 소중한 이들만 주변에 있다면 좋겠지만, 세상은 그렇게 만만하게 흘러가지 않는다. 내 편이 많아질수록 그에 비례해서 꼭 몇 배가 되는 적이 생기는 것 같다. 그 안에서 내가 아끼는 몇 안 되는 사람들이 얼마나 소중한지는 안다. 잃으면 땅을 치고 후회할, 값진 보석보다 더 소중하게 여겨야 한다. 하지만 보다 전체적인 관점으로 관계를 바라보면, 사람은 자산보다 자원에 가깝게 여기는 것이 나에게 이롭다고 생각한다. 자산이라 하면 그를 꼭 내 곁에 둬야 할 것 같고, 내 소유로 두고만 싶고, 감추고 싶고, 나에게 득이 되며 나를 대변하는 것처럼 여겨지지만, 자원이라 생각하면 언제든 대체될 수 있고 순환하기 마련인, 그러므로 영원한 내 것이 아닐 수 있다는 정도로 사고가 유하게 흐른다. 너무 큰 기댐과 기대, 그리고 접착과 집착은 나에게 큰 실망과 아픔 그리고 흔적을 남기기 마련이다. 관계가 너무 어렵게 흐를 때만이라도, 사람은 세상에 널린 자원이라고, 원래부터 내 것인 사람은 없다는 정도로 편하게 생각하셔라.

좁고도
깊은

예전에야 많은 이들에게 관심받는 것이 좋았고, 내가 어디서나 사람들이 필요로 하는 사람이기를 바랐다. 그러나 이제는 내 평가에 조금이라도 흠이 나면 등을 돌리는 이들까지 나의 울타리 안에 넣는 것이 얼마나 나를 갉아먹는 일인지를 안다. 넓고 깊은 인간관계를 구축할 수 있다면 얼마나 좋겠냐마는, 모든 기대를 충족시킬 수도, 모든 관계를 내 울타리 안에 담아둘 수도 없다는 것을 이제는, 안다.

인간관계에는 넓은 모양과 깊은 모양이라는 두 가지 선택지가 있는데, 유독 사람에게 많은 상처를 받으며 살아가는 내가 선택한 형태는 '깊음'이었다. 넓지만 얕은 관계냐 깊지만 좁은 관계냐의 갈래에서 나는 깊은 관계의 편을 들기로 했다.

좁은 그러나, 그래서 깊은 관계가 좋다. 나는 정이 많은 사람이라 조금의 정만 나누더라도 떠난 이들이 꿈에 자주 나오는 사람인 탓에 관계의 폭을 좁게 두려고 한다. 깊은 나머지 큰 파도가 치더라도 흔들리지 않는 심해처럼 굳건한 관계가 좋다. 에둘러 설명하지 않아도 어떤 일이 있음을 눈치 채고 서로를 위해줄 수 있는 관계. 어떤 말이든 서슴없이 건넬 수 있지만 서로가 안고 있는 갖은 상처를 알기에, 같은 상처를 주지 않으려고 노력하는. 관계의 폭을 넓히지 않더라도 그들의 존재로 충분하기에, 넓히려는 생각조차 들지 않는 소속감을 주는. 오랜만에 보더라도 여전히 어제 본 것 같은 익숙함이 존재하는. 함께했던 방대한 이야기들 속에서 울고 웃으며 의지했던 햇살 같은 기억들이 한가득인. 때문에 남이 들어서는 이해조차 못 할 서로만의 언어가 생긴. 서로에 대해 너무 많은 것을 알고 있지만 그 사람이 가진 깊이가 워낙 방대해 계속 알아가고 싶은. 함께할 때 너무도 편안해서 자꾸 기대고 싶어지거나 웃음이 나는. 어색한 자리에선 조금의 대화만 오가도 멀미하듯 마음이 헛구역질하는 나이지만, 같은 자리에 앉아 몇 시간을 떠들어도 할 말이 많이 남아 있는 것 같은. 그런 좁고도 깊은 유대를 선호한다.

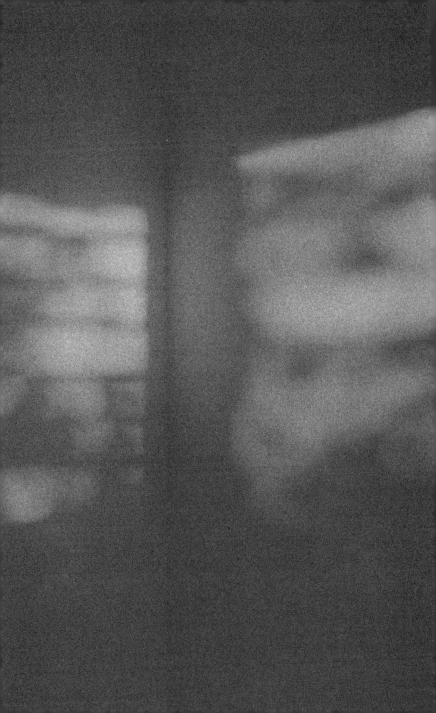

사뭇 성숙해지고 나서
알게 된

관계에서의 방향

이유 없이, 여유 있게

'나에 대해 뭘 안다고?'라는 마음은 내 20대의 관계관을 관
통하는 문장이었다. 나에 대해 뭘 안다고 나를 좋아해? 평가
해? 위로해? 따위의 말들로 지극히 작은 부분에서 비롯된 혐
오 아닌 혐오를 품으며 살아왔다. 나를 향한 말 대부분이 그
의중을 알 수 없으니, 나를 잘 모르는 사람의 말이라며 겉만
번지르르하다 여겼고 귀담아듣지 않으려 노력했다. 그러나
꼭 어떤 사람을 잘 알아야만 그럴 수 있는 건 아니라는 걸 수
차례 겪어가며, 좀처럼 풀리지 않던 사람에 대한 경계가 느
슨해져 감을 느낀다. 사람을 향한 감정은 때론 이렇다 할 이
유가 없이도 이럴 수 있고, 그렇다 할 명분 없이도 그럴 수

있음을. 잘 몰라서 좋고, 잘 모르기에 미운. 다 모르기에 안아주고 싶거나, 다 모르기에 더는 알고 싶지 않은 것. 사람 대하기를 조금 더 관대하게, 그리고 이유 없이 여유 있게 대해야지. 오고 가는 마음속에서 과한 망상과 의심으로 허무하게 인연을 놓치는 일 없게. 또한 나를 잃어가면서까지 붙잡는 일 없도록. 잦은 의심은 때때로 걷어둔 채 사람을 바라보아야겠다고 다짐한다.

유한하기에 무한히 다정할 수 있는

예전엔 영원한 게 없다는 말을 받아들이지 못했었다. 작게는 좋아하는 질감의 옷, 그리고 소중한 날 받았던 선물, 편지, 꽃까지. 전부 영원히 곁에 두고 싶었지만 서로가 앞둔 시간은 유한하였다. 초등학교, 중학교, 고등학교 친구들, 동네 친구들, 엄마 아빠, 할아버지 할머니, 존경하는 스승, 같은 뜻을 품은 동료, 늘 나를 기다려주며 꼬리 흔드는 강아지, 고양이. 사랑을 줘도 줘도 모자란 것들과의 이별이 존재한다는 사실이 나를 두렵고, 슬프게 만들었다. 그러나 이젠 어느 정도 받아들인다. 그들과의 이별이 존재하지 않는다면, 이 정도로 애틋할 수 있을까. 줘도 줘도 모자란 것들. 영원토록 곁에 두고 싶은 것들. 이어짐이 유한하기에 외려 무한히 다정을 건네고 싶은 것들. 영원하지 못하기에 영원에 가깝게 애정할 수 있는 것들.

귀 닫고 눈 가리기

내 인생에는 잦은 빈도로 화나는 일들이 일어난다. 그 주축이 되는 일들은 대부분 인간관계에서 비롯된다. 그러나 다행인 것은, 내가 모든 소식을 알지 못함으로써 나를 무너뜨릴 큰 화는 면할 수 있다는 것이다. 모든 것을 알지 못하는 무지가, 인생을 그나마 적당선의 안정으로 유지시켜 준다. 그러니 나에게 지속적으로 불편한 소식을 전하는 이가 있다면 거부 의사를 표현하며 그 불편함으로부터 멀어지는 편이 좋다. 진실이 아닌 소문에 그치는 말이라면, 더더욱 정확히 이야기해 주어야 한다. 내가 불편해할 일은 굳이 말해주지 않아도 된다고. 만약 나를 위하는 마음을 가장하여 그런 소식만 잔뜩 전하는 사람이 있다면, 무엇보다 그 사람을 멀리해야 한다. 나를 힘들게 하는 것은 일어난 일 자체보다 그것을 과장하거나 굳이 전하는 사람들이다. 살수록 모르는 게 약인 말들이 많다. 복잡한 인간관계 속에서 나를 지키는 방법은 귀 닫고 눈 가리는 것일 때가 빈번하다.

가장 행복할 때 진정 내 사람을 찾아낼 수 있다

힘들고 별거 없을 때 나의 곁을 지켜준 사람들만큼이나, 행복할 때 혹은 잘되고 있을 때 나를 있는 그대로 대해주고 진심으로 축하해 주는 이들은 값지다. 아니, 어쩌면 더 값질 수도 있다. 삶의 불안기보다 개화기가 더 아름답고 다채로우니, 그 안에서의 진정한 내 편이 조금 더 아름답게 느껴지고 소중하게 기억될 수밖에. 귀중함의 높고 낮음을 일일이 비교할 순 없지만, 구차한 사람에게 건네는 연민보다 성공한 사람에게 건네는 진심 어린 축하와 응원이 더 어렵고 고귀한 것임을 깨닫는다.

내가 좋은 사람이 되어 좋은 사람을 볼 수 있도록

내가 좋은 사람이 된다고 해서 내 인생에 좋은 사람만 온다는 보장은 없다. 예전에는 내가 좋은 사람이 되면 좋은 사람들만 나타날 줄 알았지만, 그건 내가 믿고 싶은 기적일 뿐임을 이제는 안다. 내가 충분히 멋진 사람으로 발전한다 해도, 해가 되는 사람들은 꼬이기 마련이다. 아니, 오히려 달콤한 과일에 벌레가 꼬이듯 행복을 해하려거나 무언가를 빼앗기 위해, 악의를 품고 다가오는 이들이 즐비할 것이다. 하지만 좋은 사람으로 향하는 일, 자기발전적인 생각은 결국 나의 성품과 결이 다른 사람들을 걸러내는 처세를 가르쳐준다. 나의 지속적인 발전은 같은 결의 사람들과 그렇지 않은 이들의 비율을 적정선으로 유지할 수 있도록 알맞은 안목과 행동을 도모시켜 준다. "내가 좋은 사람이 되어 내게 좋은 사람이 오도록" 하겠다는 다짐과 노력은, 결과적으로 그렇게 되지만은 않을지라도 필히 그렇게 꾸려가야만 하는 과정이다.

사람을 향한 감정은

때론 이렇다 할 이유가 없이도 생길 수 있다.

·
·
·

잘 몰라서 좋고, 잘 모르기에 미운.

다 모르기에 안아주고 싶거나,

다 모르기에 더는 알고 싶지 않은 것.

곁에 두고 싶고
닮아가고 싶은

매력적인 사람들

예측 불가능한 사람

예측 불가능한 사람이 좋다. 전혀 종잡을 수 없는 마음을 갑자기 건네주는 사람을 뜻하는 건 아니다. 어느 정도 감을 잡을 수는 있지만, 극단적인 표현은 자제하기 때문에 그 속을 쉽게 알 수 없는, 관계에서의 긴장감을 놓을 수 없는 사람을 뜻한다. 그런 사람은 철없는 것처럼 보이다가도 세상 진지한 모습이 매력적이고, 가벼운 듯 무거운 표정이 사랑스럽다. 그를 보면 조금 더 내 심신을 꾸미게 되고, 행동을 조심하게 되어서 내 모습이 제법 마음에 들어간다. 나도 저 사람처럼 예측 불가능한 사람이 되어야지 생각하게끔 좋은 본보기가 되어준다. 저 사람과 닮아가야지. 어렵지만 여운 있고, 불투명하지만 아주 퉁명스럽진 않은. 막상 모든 면을 쉽게 보여주고 건네주면 이용당하거나 무너지는 것은 나 자신일 때가 많았으니.

"지금 갈까?"라고 해주는 사람

"무슨 일 있어?"라는 말도 다정하지만, "지금 갈까?"라는 말을 해주는 사람에게 더 정이 간다. 비록 말뿐일지라도, 나에게 무슨 일이 생기면 당장 시간과 여유를 내어줄 수 있다는 태도를 보여주는 사람에게는 알 수 없는 편안함을 느낀다. 당장 힘든 이에게는 자초지종을 묻는 사람보다, 언제든 포용해 줄 수 있는 포용적인 사람이 필요한 것이니까.

절제력이 뛰어난 사람

순간순간의 절제력과 자기 성찰을 생활에서 발휘하는 사람은 따뜻한 냉철함을 지니고 있다. 그래서 그들의 곁을 차지하고 싶어진다. 그런 사람들과의 관계는 진전 속도가 좀 늦더라도, 그 울타리 안에 들어가면 살아가는 데에 큰 아군을 얻은 듯한 기분이 들곤 한다. 많은 것을 배울 수 있으며, 그 한 사람과의 사이에서 다채로운 감정을 경험할 수 있다. 다소 냉혈한으로 비치기 쉬우나 내 사람에게만큼은 경계를 푸는 따뜻하면서도 아량의 깊이가 남다른 사람들이다.

직접 본 것이 아니면 이야기하지 않는 사람

자신이 직접 본 것 외에는 이야기하지 않는 사람에게는 큰 믿음이 간다. 그런 사람인지 아닌지 한두 번 마주해서는 결코 알 수 없는데, 오랫동안 보았는데도 입을 함부로 열지 않는 사람에게는 끝없는 심리적 안정감이 느껴진다. 최소한 그 관계의 끝이 지저분한 추태로 마무리되지는 않겠다는 믿음을 심어주는 사람이기 때문이다.

자신만의 규칙이 있는 사람

자신만의 명확한 규칙이 있고, 그것을 어떻게든 지키려는 굳

건한 의지를 가진 이들의 아는 사람이고 싶다. 비록 나와는
결이 맞지 않더라도 알고 지내고 싶다. 언젠간 자신의 목표
나 꿈을 이루는 사람들이 대부분이기 때문이다. 내 인생에
간접적으로나 직접적으로나 도움이 될 만한 사람들이라 놓
치기 싫어진다. 성격이나 취미가 같아서 자연스럽게 어울리
는 관계만이 좋은 인연이라 정의할 수 없음을 알게 된다. 자
주는 아니더라도 가끔 마주하며 인생 설계를 할 수 있는 좋
은 스승을 두는 기분이랄까.

씀씀이가 치우치지 않은 사람

씀씀이가 한쪽에 치우치지 않은 현명한 사람이 좋다. 자신이
써야 할 곳과 아껴야 할 곳을 잘 알고 자신의 것을 적당히 베
풀며 적당히 지킨다. 자랑할 것과 숨겨야 할 것의 선 안에서
적당히 결정한다. 적당선의 기준을 잘 모를 때, 나는 그들을
보며 기준을 세워갈 수 있다. 그들에게는 자신만의 보이지
않는 선이 존재해서, 때론 내게 서운한 결정이 내려진다고

하더라도 나중엔 그것이 필히 나와 그를 위한 최선의 선택이
었음을 깨닫게 된다.

담백한 사람

척이 없는 담백한 사람에게 끌린다. 자기도 모르게 어떠한
척이 몸에 밴 사람에게는, 그 의도가 좋든 나쁘든 정이 가지
않는다. 누구나 가면을 쓰고 살아가지만, 대놓고 가면을 썼
다는 티가 나는 데서 오는 불편함이 존재하기 때문이다. 그
래서 가면을 썼다는 티가 나지 않고 담백하게 느껴지는, 불
편한 욕구 표현이나 표정의 티끌이 없는 사람과의 대화가 좋
다. '그의 담백함이 정말 사실인가?' 따위의 진위 여부는 중
요하지 않다. 나에게 들키지 않는다면, 표면에 보이는 것만을
믿고 살아갈 수도 있다. 누구나 자신의 전부를 보여주지 않
음을 은연중에 알고 있기 때문이다.

"무슨 일 있어?"라는

말도 다정하지만,

"지금 갈까?"라는

말을 해주는 사람

곁에
두고 싶지 않은

유형의 사람들

자기 말만 하는 사람은 피하게 된다

하고 싶은 말이 많더라도 상대의 이야기를 경청하고 물음표를 던지는 것은 최소한의 예의이다. 할 말이 많다고, 쌓여 있다고 해서 상대의 말은 듣는 둥 마는 둥 하거나 툭툭 끊어가며 자신의 이야기만 늘어놓는 이와 대화하자면, 사람 말고 벽이나 반려동물과 대화하면 된다 말하고 자리를 일어나고 싶어진다. 사람과 사람이 대면한 자리에서는 주고받음이 기본 전제다. 피하고 싶은 사람은 가장 기본적인 대화를 통해 결정 난다.

자신의 단점을 방패 삼아 관계를 이어가는 사람

자신의 결함을 이야기하며 고치려 하지 않는 것은 '나 이기적인 사람이에요'라고 광고하고 다니는 것이다. 이를테면 "나는 말이 좀 험해", "시간 약속을 잘 못 지키는 사람이야"라며 조금도 고치려는 노력을 보이지 않는 것은 일방적으로 이해만을 바라는 이기적인 태도다. 꺼낸 허물을 몇 번이야 이해해 줄 순 있다만, 일방적인 이해만 강요된다면 결국 그는 꺼려지는 사람이 된다. 단점을 인지했다면 스스로 책임지고 변화하려는 척이라도 해야 이해의 범주 안에 속할 수 있다.

공감도 지능이고 위로도 능력이다

사회성의 결여와 이성적인 것, 직설적인 것을 구분 못 하고 말을 뱉는 사람은 그 어떤 말로도 대신할 수 없는 무례한 사람이다. 자신의 감정을 잘 관리하며 주변을 이성적으로 잘 판단하는 사람은 선택적으로 공감해 주는 능력 또한 갖추고 있다. 다른 이들이 사실을 몰라서 직설적으로 말하지 못하는 것이 아니고, 이성적인 판단이 불가해서 말을 누르는 것이 아니다. 스스로의 성향에 도취되어 상황에 그른 말과 행동을 합리화하는 사람과는 절대적으로 거리를 두게 된다. 뒤돌아 보면 그의 진정한 편은 다 떠나가고 세상은 혼자가 편하다고 합리화하며 살 것이 뻔한 부류다.

정도를 지키지 못하는 사람

고조된 감정을 잘 추스르지 못하면 결국 관계에서 큰 화를 불러오기 마련이다. 어떤 표현이든 적정선이라는 것이 있는 데, 그 적정선을 넘어서는 순간 기분이 태도가 되는 사람이 라거나 다소 감정적인 사람이라는 말을 듣게 된다. 적당히 넘어갈 일에는 그에 맞는 표현만 하고, 다소 큰일에도 조곤 조곤 억제하며 이야기하는 사람에게 신뢰가 가며, 그런 대화 앞에서는 내 잘못을 인정하게 된다. 분명 먼저 사과하고 양 보해야 하는 상황이라도 감정만을 앞세워 정도를 넘는 사람 앞에서는 숙이려던 마음까지도 기어코 사라지기 마련인 것

이다. 정도를 모르고 감정을 분출하는 사람만큼 없던 분노까
지 만드는 사람이 없다.

내가
애정하는

취향에 대하여

사람이 가진 취향은 제법 한결같아 보이지만, 그 안에서 세세하게 취향을 추구하는 방법이 변한다. 멋있는 사람이 되고 싶은 욕구는 그대로지만, 추구하는 미의 기준이 바뀐다. 삶을 바르게 이끌고 싶은 욕구는 그대로지만 그걸 위한 우선순위가 바뀐다. 그에 따라 함께 시간을 보내는 사람이 바뀌고, 꿈이나 목표 또한 조금씩 바뀐다. 머무는 방의 모습이 바뀌고, 여행하려는 곳이 바뀐다. 이는 나라는 사람의 본질 자체가 변하는 것이 아닌, 한 개체로서 품은 취향이 변하는 것을 의미한다.

최근 나의 생에서 가장 중요한 화두는 '안정'이었다. 여느 사람들처럼 몸과 마음의 안정적인 상태를 추구해 왔지만, 그 상태가 남들은 쉽사리 이해하지 못하는 '우울'에 가깝다는 걸 깨달았다. 그 뒤로는 안정에 대한 내 취향을 멋대로 밝히기를 꺼리게 되었다. 이를테면 흔히 '겉도는 행동'이라고 부를 법한 것들이 내 취향이었다. 종일 우울한 노래를 들으며 누구에게도 방해받지 않고 혼자만의 시간 보내기, 형광등 하나 켜지지 않은 방 안에서 휴대폰 꺼두고 숨만 쉬며 천장 바라보기, 괜한 슬픔에 잠식되어 보기. 죽는 상상을 하거나, 모두가 나를 떠나가는 꿈을 꾸기도 한다.

그렇게 잉여롭지만 다소 낯선 시간을 보내는 것. 나 아닌 사람들의 소음이 울창해서 생각이 여과되지 않는 상태가 아닌, 내가 내는 소음으로만 방 안을 가득 메울 수 있어서 나 아닌 생각들을 쉽게 걸러낼 수 있는 상태. 어둠만이 줄 수 있는 안정이 있고 밝음만이 해낼 수 있는 안온이 있다. 좋은 사람들과 아무리 따사로운 대화를 나누어도 해결되지 않는 걱정이 있고, 홀로 생각해야만 걱정의 수렁에서 나를 건져낼

때도 있는 것이다. 그 각양각색의 방법과 정도 속에서 나의
마음이 더 편해지는 쪽이 곧 안정이며 햇살이며 밝음이며 행
복이며 소망이며 희망이며 사랑임을 인정하기까지 꽤 오랜
시간이 걸렸다.

누군가는 한없는 우울을 겪고 나서야 비로소 회복으로
향할 수 있다. 누군가는 끝없는 자기 연민으로 자신에 대한
성찰을 이끌어낼 수도 있으며, 주기적으로 사랑에 상처받아
야만 마음이 시들지 않는 이들도 있는 것이다. 이는 위로가
필요한 일도 아니고, 잘못 살고 있다는 증거 또한 아니다. 단
지 우리가 가진 본질적인 욕구를 충족하기 위해 각자 다른
수단이 필요할 뿐이다.

살아가며 추구하는 목표는 쉽게 변하지 않으므로, 매 시
기마다 목표를 추구하는 방법이 다른 것뿐이다. 그 방법이
나의 전부를 대변하지는 못한다. 현실적으로는 어두운 밤 같
은 상황인데 마음은 아침일 수 있으며, 마음의 온도는 겨울

인데 누군가에게는 그게 봄처럼 여겨질 수도 있다. 그러니 취향에 잘못이랄 게 있을까? 모두가 잘 살고자 하는 마음에서 나온 것들이다. 그 마음을 구구절절 설명하기 싫다면 그것 또한 취향이겠다만, 굳이 자신의 취향을 숨길 필요도 없다. 내가 나로서 꾸준히 살아갈 그 방법대로 당당히 행하면 된다. 세상에 침식되어 나를 잃지 않는 삶을 위해서는, 괜히 타인의 잣대에 흔들리지 않고 나에게 솔직해지는 것 하나로 충분하다. 통과 중인 시기에 맞는 취향을 그대로 행하면 되는 것이다.

어떤 말을 뱉고
삼가느냐에 따라

그런 사람이 되기에

선 넘지 말라는 말

요즘엔 영화나 드라마 대사에서 '선'이라는 단어로 자신의 기분을 표현하는 장면이 자주 나오는 것 같다. 그에 따라 '선 넘는 걸 싫어한다'는 말을 자주 뱉는 사람들을 종종 목격하곤 한다. 하지만 사실 그들 대부분은 이렇다 할 명확한 선이 없고 기분대로 행동함을 알게 된다. 그런 사람들은 날이 안 좋아서 불쾌지수가 높으면 괜한 일로 누가 선을 넘는다고 뒤에서 말하고 다니거나, 피곤한 정도에 따라 예민함의 척도가 달라지며 선이랄 것의 기준도 함께 변하곤 한다. 기억해야 할 것. 정말 자신만의 선이 있는 사람은 표정으로 말하고 조용히 손절한다. 아니, 표정조차 변함이 없다. 친하지도 않은 불특정 다수에게 자신의 불쾌 포인트를 알려줄 정도로 친절하지 않다는 것이다. 그게 바로 관계에서 명확한 선이 있는 경우다.

낭만과 청춘이라는 말

낭만이라는 말과 청춘이라는 말이 과소비되는 시대다. 어떤 사람들은 두 단어가 현실과 얼마나 괴리되어 있는지는 생각하지 않은 채로 무작정 따르고 싶어 한다. 한번 태어난 인생, 낭만적인 삶을 추구해야 하며 짧은 청춘이기에 즐겨야 한다고. 그러나 그 짧은 문장에는 긍정적인 단어가 뿜어내는 특유의 청량함만 있을 뿐 현실이 딱히 반영되어 있지 않다. 반박해 보자면 낭만은 무언가를 추구하는 삶에서 부가적으로 얻어지는 것이며, 청춘은 무언가를 추구하는 과정을 즐김으로써 가까워지는 것이다. 단어가 주는 고결한 느낌에 매료되어 삶을 망가뜨리지 마셔라. 내가 현실을 살지 않는 동안 축적되는 것은 세상과의 격차뿐이다. 흘러간 삶은 결국 내가 책임져야 한다.

미안하다는 말

툭하면 미안하다거나 죄송하다는 문장으로 말을 시작하거나, 우는 표정의 이모티콘이 말끝마다 들어가는 이들이 있다. 심성이나 의도는 알겠지만, 약간의 짜증이 앞서서 들 때도 있다. 빈번한 사과와 우는 표정이 긍정이지는 않기에 내 주변이 부정적인 감정으로 물드는 것 같은 거부감이 들기 때문이다. 말을 계속 이어갔다가는 내가 더 죄송해야 할 것 같고, 내가 더 울어야 할 것 같은 사람과는 대화를 저절로 줄이게 된다. 내가 뱉을 말이 불러올 감정과 결과가 긍정적일 때, 내 이미지도 상대에게 긍정적으로 다가가기 마련이다.

위로와 조언의 말

위로와 조언을 건넬 때엔 고심해야 할 부분이 있다. 바로 '내가 이 사람을 그렇게 몰아가고 있는가?'이다. 이를테면 누군가 지나가는 말로 자신이 살이 쪘다거나 일이 바쁘다고 말한 다면, 그럴 때 서슴없이 위로하며 해결 방법을 제시하는 것이 옳은 일일까? 살이 쪘으나 지금에 만족할 수도 있는 것이고, 바쁜 생업 사이에서 충분히 뿌듯함을 느끼며 살 수도 있는 것이다. 좋은 마음으로 뱉은 말들, "괜찮아?", "그럴 땐 이렇게 해보는 게 어때?", "너는 이래서 그런 거 아니야?" 따위의 말들은 '지금 네가 분명 그렇다'는 뜻을 기저에 깔고 있으므로, 상대에겐 다소 불쾌하고 당황스러울 수도 있다. 방법을 구하지 않은 말에는 간단히 끄덕임 정도로 공감해 주거나 동의만 해주는 것이 괜한 불화를 만들지 않는 방법일 때가 많다. 끝없이 마음만 앞선 공감은 외려 무지하고 퇴보된 공감에 가깝다.

'사랑해'라는 말

사랑이라는 단어는 자주 표현하며 살아가는 게 마땅하지만, 사랑이 주는 고귀하고도 기적적인 일들을 생각하면 우리가 버릇처럼 뱉고 있는 사랑이 과연 사랑이 맞는지 의문을 품고 살아가야 한다. 매일 습관처럼 사람과 상황을 두고 사랑을 말하는 사람에게는 미심쩍은 느낌을 지울 수 없다. 전혀 모르고 살던 서로가 만나, 불과 얼마 만에 연애를 시작하고 곧바로 사랑을 내뱉는다. 물론 함께한 시간이 짧다고 해서, 마음의 깊이까지 절대적으로 낮다고는 말하지 못하겠지만, 시간의 깊이와 감정의 깊이는 어느 정도 비례하기 마련이다. 딱히 이렇다 할 명분 없이 내뱉는 사랑은 나 자신에게도, 그 문장을 받는 사람에게도 그다지 긍정적인 영향을 끼치지 못한다. 사랑은 기적이다. 그 사실을 잊지 말고 살아가야 진정한 사랑에 도달할 수 있지 않을까. 아끼고 아껴서 정말 그래야 할 때 건네는 사랑. 얼마나 아름답고 고귀한가.

나

자신을

지키기

혼자라도 괜찮다

혼자여야만 하는 삶은 외로움을 초래하지만, 혼자라도 괜찮은 삶은 나를 다채롭게 만든다. 나는 혼자여도 괜찮기 위해 나만의 즐거움을 꾸린다. 계절마다 혼자 즐길 거리를 만들어 둔다거나, 주말을 기대할 만한 이유를 심어놓는다. 그러한 즐거움들은 꼭 누군가와 함께해야만 하는 것이 아닌, 나 혼자서도 가능해야 한다는 것이 전제다. 피로한 관계와 반복되는 일상으로부터의 탈출구는 꼭 대단한 여행이나 소비에만 있는 것이 아니다. 마음의 짐을 내려놓고 홀로 즐길 수 있는 일말의 즐거움이라면 여행이나 소비 없이도 충분히 가능하다.

업의 만족과 금전의 여유를 기저에 둠으로써

평소에 금전적인 여유를 얻기 위해 열심히 일을 한다. 그렇게 내 삶의 범위에 속하는 주변을 섭섭하지 않을 만큼 풍요롭게 만들고, 나 자신의 업에서도 게으르지 않다는 평가를 스스로 내릴 수 있다면, 그 어떤 실수나 비난에도 기죽지 않고 당당할 수 있다. 자신의 업에 대한 만족감은 삶에 대한 일종의 훈장이고, 사람이 가질 수 있는 가장 기본적인 긍지를 올려준다.

오늘은 이만 쉴게요

불필요한 생각을 끄고 잠들 수 있다는 것은 삶에 아주 이로운 능력이다. 그게 당장 가능하지 않더라도 그런 삶으로 나를 계속 이끄는 것이 중요하다. 숱한 고민의 폭풍 속에서 '내일의 내가 해결하겠지' 하며 복잡한 머릿속의 스위치를 끄고 잠드는 것. 오늘 에너지를 덜 써야 내일 더 쓸 수 있다. 당장의 안식은 미래를 위한 투자이기도 하다. 쓸모없는 고민들이 나의 내일까지 탁하게 만드는 것이니.

자신에 대한 깊은 이해와 인정

마음속에 내재된 감정에 솔직해지려고 한다. 자기 자신도 쉽게 속여가며 살 수 있는 것이 인간이라서, 마음 안에 거울을 두고 스스로를 오롯이 바라보려 노력한다. 특히나 외면하고 싶은 것들, 열등감이나 과한 자격지심이나 피해의식 같은 것들을 바라보려 노력한다. 겉으론 그런 게 없는 척, 타인을 속이고 다닐지라도 스스로에게만큼은 꾸준한 물음을 던지며 그 존재를 인정하려 노력한다. 부정적인 감정의 싹을 이롭게 이용하기 위해서는, 가장 먼저 이해와 인정이라는 과정을 거쳐야 한다.

나와의 약속을 우선으로 하기

불필요한 만남이라는 생각이 드는 약속은 정확히 거절한다. 여유가 없는 와중에 누군갈 만나는 일만큼 피곤한 게 또 없다. 정말 보고 싶어서, 할 말이 많아서, 주고받을 말이 분명해서 보는 것을 제외하고 스트레스로 번질 약속은 절대적으로 나를 위하여 삼가는 편이다. 한 번 못 본다고 끊어지고 소원해질 관계라면 그보다 부질없는 것이 있는가? 생이 바쁘고 여유가 없고 시간이 없다면 당분간 조용히 내 하루만을 책임지는 기간도 필요하다.

그럴 수 없다면

그러지 말아야
하는 것들

충고는 하면서 내 마음이 아프지 않다면 뱉지도 말아야 한다.
자랑은 그 값을 지불할 생각이 없다면 꺼내지 말아야 한다.
사랑은 나 자신을 사랑할 수 있는 상황에서 주고받아야 한다.
용서는 감히 허락되지 못할 각오로 구해야 하고,
화는 그로 인해 사이가 끊어질 확률을 가늠하며 표출해야 한다.
부탁은 거절당할 용기를 지닌 채로 해야 하고,
거절은 상대방의 서운함을 감내할 수 있는 사이일 때나 하는
것이다.

　모든 주고받음 속에서 의(義)를 잃지 않기를. 다정해지고
자 꺼낸 말과 가까워지고자 건넨 마음들 그리고 잘 살아보고
자 했던 행동들 사이에서 삶을 부정적인 방향으로 이끌어가

지 않기를 바라며. 모든 것은 그에 맞는 인과와 전제를 지켜
야 그 가치를 다할 수 있음을, 잊지 말고 살아갈 것. 삶에는
그럴 수 없다면 그러지 말아야 하는 것들이 다수 존재하니.

자신의 기준으로
타인에게

상처를 입히지 않도록

자유에 책임이 따른다는 말은, 내가 세운 기준과 뱉은 말에 적용해 보면 쉽게 와닿는다. 가령 '성공'이라는 단어를 보자. 성공에는 명확한 기준이 없다. 성공이란 무엇인가? 물질적으로, 심리적으로, 사회적으로 너무나도 다른 정의가 존재한다. 만족도는 스스로 정하는 것이므로, 사실 너도 나도 성공했다고 말할 수 있다. 그러나 삶에는 초점을 흐릿하게 두고 멀리 바라볼 때에, 다소 넓은 폭의 기준이 생기는 경우가 존재한다. 그렇기에 어떤 사람이 속한 집단이나 그 주변과 비교해 "난 성공한 편이야", "쟤는 성공했지", "개천에서 용 났어"라는 표현을 쓰는 것이다.

누군가가 주변의 노력하는 사람을 보고 "자신이 만족하

면 성공한 거 아니야?", "성공의 기준이 뭔데?"라며 자의적인 삶의 기준선을 타인에게 적용하면 어떻게 될까? 그것만큼 날이 선 말이 없다. 그것도 성공을 애타게 바라고 그걸 이루기 위해 달려가는, 그리고 끝내 만족하기 위한 사람들 앞에서라면, 그 말은 자유를 빙자한 오만에 가깝다. 나의 오만은 누군가에게 상처를 주기 마련이다.

성공, 사랑, 우울, 응원, 실패. 여러 단어와 문장들에 정확한 기준은 없지만, 어느 정도의 분기점이 존재하기 마련이다. 스스로가 정한 기준은 늘 자신 안에서 옳겠지만, 그 기준을 꺼내는 순간 남에게 의도치 않은 상처를 줄 수 있다는 것을 잊지 말아야 한다. 자신이 짊어진 멍에를 벗기 위하여 남을 멍들게 하는 말들이 자유라는 이름으로 존재하면 안 되는 것이다. 그럴 때는 혼자 만족하며 그런 말을 꺼내지 말라. 스스로의 기준만 앞세워 당신의 노력을 평가하는 이가 있다면 멀리해도 된다. 솔직해야 할 자기 자신 앞에서조차 엇나간 사람이니, 그 어떤 일에도 엇나갈 사람인 것이다.

바른 생각을 가진 사람들은 어느 정도 사회적으로 통용되는 범위 안에서 자유를 누린다. 자신과 타인을 올바르게 바라보는 사람은 틀의 필요성을 인정하며 규범 안에서 자신의 기준을 내세운다. 자존감이 높은 사람은 자신의 사사로운 만족을 위해 남에게 상처를 주지 않는다.

새벽의

꺼진

가로등처럼

살고 싶었다

때는 6시 40분이었고

난 가로등처럼
살고 싶었다

삶의 중압감에 짓눌려 압사할 것 같은 날이 있다. 난 그때마다 죽고 싶다는 말을 한다. 혼잣말은 아니었고 듣는 이가 있는 말이었다. 이 말을 하면 상대는 잔뜩 놀란 얼굴로 나를 쳐다보고, 나는 "딱 1년만요"라는 농담을 던지며 웃어넘긴다. "딱 1년만 죽다 살아나고 싶어요."

　삶의 호흡이 가빠서 어딘가로 홀연히 사라지고 싶은데, 관계고 업이고 그러질 못하는 삶을 지속하고 있자니 문득 꺼진 가로등이 부러웠다.

　때는 여름과 가을 사이의 어느 날, 나쁜 꿈을 꾸고 식은 땀에 젖은 채로 깨어난 적이 있다. 밤늦게 잠든 것 같았는데 깨어나 보니 어스름한 새벽이었고, 잠들 때의 시곗바늘과 일어날 때의 시곗바늘의 위치가 거의 다르지 않았던 그날. 암막커튼을 걷고 창을 여는 순간 가로등이 꺼졌고 날이 한층 더 어두워졌다. 밝은 아침이 오려면 아직 좀 더 기다려야 하는 시간이었기에, 가로등이 꺼진 새벽녘의 창 밖은 가로등이 켜진 깊은 밤보다 더 어둑했다. 시계는 6시 40분을 가리키고 있었고 잠들었던 애인은 반쯤 감은 눈을 찡그리며 벌써 일어났느냐 묻고 다시 잠들었다. 난 한참을 멍하니 밖을 쏘아보며 가로등처럼 죽고 싶다 중얼거렸다.

가로등처럼 죽고 싶다는 말은 저 밖의 꺼진 가로등이 되고 싶다는 말과 같았다. 무슨 일이 있어서 자살하고 싶다는 뜻이 아니었고 당장 우연한 사고사로 생을 마감하고 싶다는 뜻도 아니었다. 내 존재가 존재 가치를 함을 잠시 놓고 싶다는 의미였다. 가로등처럼, 정해진 시간이 되면 툭 꺼지고 그 자리에서 그대로 숨죽이고 있는 존재가 되고 싶었다. 존재는

존재 가치를 못 하는 채로 우뚝 존재할 순 없는 건가. 가로등처럼 해가 뜰 때면 툭 하고 꺼지는 존재가 되고 싶었다. 누구도 인식하지 못하고 가리키지도 보지도 느끼지도 않는데 여전히 우뚝 존재하고 있는. 그러다 다시 어두운 밤이 되면 언제 그랬냐는 듯 가진 빛을 쏘아댈 수 있는 존재.

나는 누군가의 입에 오르내리거나 간단한 질문을 받는 일에조차 마음을 쓰는 사람이라, 내가 어떤 존재로 인식되든 신경 쓰지 않고 존재의 스위치를 잠시 끌 수 있는 삶을 살아보고 싶었다. 핸드폰을 꺼두고 하는 여행처럼 아무런 알림도 받지 않고 돌아다녀 보고 싶었다. 잠시 죽은 가로등처럼 삶과의 원만한 합의점을 찾아 꺼진 채로 숨을 쉬고 싶었다.

종종 가로등처럼 죽고 싶다는 생각을 여전히 가지고 산다. 아니, 가로등처럼 살고 싶다는 생각을 한다.

청춘이라는 빛을 꺼두지 못해 허덕이는 사람들이 이렇게나 많은 시대이니.

사람은
살아가는 것이자

천천히 죽어가는 것이다

'사람은 살아가는 것이 아니라 천천히 죽어가는 것이다.' 이 유명한 명제에 대해 적당히 공감하며 지지하는 편이지만, 조금은 틀렸다는 생각을 한다.

이 명제가 틀렸다고 생각하는 이유는 '아니라'라는 말 때문이다.

그 단어를 '이자'로 바꾸어본다.

'사람은 살아가는 것이자 천천히 죽어가는 것이다' 정도가 되겠다.

씨앗은 싹을 틔우기 위한 존재이자 부서지기 위한 존재

이다. 인간관계는 합쳐지기 위한 과정이자 갈라지기 위한 경주이기도 하다. 꽃은 열매를 맺기 위해 피어나면서 동시에 열매를 맺기 위해 시들어간다. 사랑은 깨끗해서 껴안고 싶은 감정이면서, 더러워도 껴안고 살고 싶은 감정이다. 그러니 삶은 '무엇이 아니라 무엇'처럼 이분법적으로 흘러가는 것이 아니라, '무엇이자, 무엇을 위한, 무엇이거나' 같은 말들로 설명된다.

곧 긍정과 부정, 양쪽 개념이 동시에 존재하며 각자의 개화기 동안 삶을 지배하는 것이다.

우리의 삶은 죽어가기와 피어나기를 반복할 테다. 무너지기와 구축되기를 반복할 것이며 버려지기와 건네받음을 반복할 것이다. 무엇도 영원히 죽어가거나 영원히 무너지거나 영원히 버려지지 않는다. 그 말은 곧 영원히 피어나는 일과 영원히 구축되는 일과 영원히 주고받는 일 또한 없다는 뜻이다.

'사람은 살아가는 것이자 천천히 죽어가는 것이다'라는 문장에는 어느 하나 영원한 순간이 없다는, 삶의 속성에 대한 신념이 담겨 있다.

당신의 그 괴로움, 영원하지 않을 것이다. 당신의 그 잘남 또한 영원함 하나 없을 것이다.

기억하며 살겠다.

당신의 그 괴로움,

영원하지 않을 것이다.

．
．
．

당신의 그 잘남 또한

영원함 하나 없을 것이다.

삶의 부정은
곧

긍정으로 향할 징조임을

아기들은 왜 귀여울까? 아기들은 이마가 동글동글하고 눈은 반짝이고 입술은 도톰하다. 이런 귀여움의 상징적인 요소들은 생존을 위한 진화의 결과라는 것을 다큐멘터리에서 보곤 감탄사가 우러나온 적이 있었다. 갓 태어난 아기는 어미나 아비 없이는 삶을 지속할 수 없다. 고로 귀여움과 사랑스러움을 무기로 보호받는다. 그래서 은연중에 점점 더 귀여운 외양으로 진화해 왔다는 것이다.

보통 귀엽고 사랑스러운 이를 지칭할 때 아기라는 표현을 쓰는 경우가 흔한데, 그 이유는 아기를 보호받아야 할 대상이라 여기기 때문인 듯하다. 꼬옥 감싸주고 영원히 지켜주고만 싶은 존재.

모든 생물은 삶과 죽음의 경계에서 발전하고 진화해 왔다. 자칫하면 죽을 수도 있다는 공포가 없었다면 삶은 치열하지 않았을 것이며, 치열하지 않았다면 발전과 진화 역시 이룩하지 못했을 것이다. 그러니 죽을 수도 있다는 전제가 마냥 부정적이기만 한 것인가? 아니라고 생각한다. 외려 숱한 긍정적 기회라고 생각한다.

내가 무너질 수도 실패할 수도 있는 사람이라는 전제가, 아름다울 수도 성장할 수도 있다는 긍정의 기반이라고 생각한다. 우리는 모두 무너질 수 있고 실패할 수 있다. 꼬꾸라질 수 있고 허덕일 수 있다. 그 때문에 나는 더더욱 스스로를 지킬 수 있게 진화할 것이며, 그 진화는 내 삶의 충분한 양분이 될 것이다. 그 양분으로 꾸준히 성장한 나는 또 누군가를 지탱할 수 있는 사람으로 성장할 것이다.

때로는 삶의 부정적인 면이 긍정적인 면을 이끌어내기도

한다.

무너지고 있는 모든 것은 새롭게 무언가를 세우기 위한 퇴비가 되며, 그 위에 세워진 것들은 새로 탄생할 것들을 위한 그늘이 된다.

삶이 나를 잉태한 이후로 줄곧 위태로움의 연속인 덕에, 나는 늘 성장하고 나아간다. 고로 정도는 다르겠지만 대부분의 삶은 '한없이 부정적일 수도 한없이 긍정적일 수도 있다'는 동등한 전제하에 흘러간다.

우리가 겪는 부정적인 요소가 긍정의 꽃을 피울 작고 소중한 씨앗이기를 바라며. 무너지고 기어다니는 일 또한 곧 새로이 구축되고 높은 곳으로 비행하리라는 복선이기를 바라며.

삶의
수식

눈이 퐁퐁 내리던 어느 겨울밤, 온천에 몸을 담그며 "왜 따뜻한 물에 들어가면 피로가 풀릴까?"라고 묻는 내게 그는 "체온이 올라가면 혈액 순환이 잘되고 몸의 긴장이 풀려서 그런 거 아닐까?"라고 답했고, 나는 "그럼 서로 껴안아도 체온이 올라가니 피로가 풀리겠네?" 따위의 말을 한 적이 있다. 그는 그건 더해지는 것이 아니라 나누어지는 개념이기에 그렇진 않을 거라고 답했다. 껴안는 순간 온기는 더해져서 늘어나는 것이 아니라, 따뜻한 쪽이 차가운 쪽에게 온기를 나눠주는 것이라고. 서로 껴안고 살아가는 일의 수식을 나눗셈으로 여기는 그가 이해되지 않던 날이었다.

명이였다.

명이는 재차 온천수에 윗입술까지 푹 들어갔다 나왔다를 반복하며 웅얼거렸다.

"아냐, 생각해 보니까 물에 들어가 있으면 피로가 풀리는 이유는 어머니 배 속의 아늑함이 은연중에 기억나서 그런 것 같아."

물에 몸을 푹 담그고 있으면 마음이 절로 그때의 따뜻함을 기억하는 거라고. 그 안온했던 기억이 몸과 마음의 긴장을 풀어주는 완화제 역할을 하는 거라고.

명이는 어머니에 대한 그리움을 자주 입 밖으로 뱉는 사람이었다. 정확히 언제 어머니와 헤어졌는지는 듣지 못했다. 명이는 삶의 지표 어딘가에서 사랑하는 어머니를 여의었고 자기가 기억하는지 못 하는지도 확실하지 않은 추억들로 곧잘 그리움을 표현하곤 했다. 어머니의 품과 어머니의 삶, 기억 저편 어머니의 배 속 같은 단어들로. '명'이라는 특이한 이름 또한 어머니가 지어주셨는데, 꼭 목숨을 연명한다는 뜻 같아서 특별하게 생각된다며 마치 처음 말하는 듯이 "내 이름 특이하지?"라고 자랑하곤 했다. 나는 그때마다 새로 듣는 이야기인 것처럼 눈을 휘둥그레 뜨고 쳐다봐 주곤 했다.

온천욕을 하며 땀인지 추억인지 모를 것들을 온몸으로 쏟아내고 금방 증발시키기를 반복하던 그날, 어쩌면 세상엔 합쳐지고 불어나기만 하는 것은 없지 않을까, 세상이 가진 에너지의 총량을 서로 나누며 누군가는 축적하고 누군가는 시들어감을 반복하는 것 아닐까, 명이의 말을 듣고 생각을 전환해 본 날이었다. 그의 말마따나 서로 껴안고 살아가는 일은 지독하게 나누기로만 이루어진 수식이 아닐까. 정말 우리가 기억하지도 못하는 어머니 배 속에서의 기억 때문에 온천에 몸을 담글 때 피로가 풀리는 것이라면, 그 말이 사실이라면, 그 외에 우리의 삶은 나누기로 가득한 게 아닐까 싶었다.

아마도 어머니의 배 속에서부터 나의 존재는 그녀에게 힘을 더해준 것이 아니라 철저히 힘을 빼앗아갔을 것이다. 내 존재의 씨앗은 엄마의 양분을 가져가 갉아먹었고, 시간이 흐를수록 나는 그녀에게 받은 것들로부터 성장해, 엄마는 쇠약해진다.

기억은 사건과 감정이 합쳐진 것이 아니라 따로 분리된 형태라서, 사건은 잊어도 그 감정은 살아남는 법이다. 또한 감정은 희미해졌어도 사건은 기억나는 법이다. 갓 태어난 아이가 어머니의 배 속에서 떠다니던 것을 정확히 기억하지 못해도 수영하는 법은 잊지 않듯, 우리도 그 따뜻했던 배 속을 기억하진 못해도 사랑으로 회복하는 법은 잊지 못하나 보다.

우리의 생은 태어남과 죽음 사이에서 그 어떤 것을 나누는 과정이다. 하지만 그 나눔은 완전히 분리되는 차가운 독립이 아니라 절대적인 총량을 잃지 않는 다정함에 가깝다.

생각해 보면 믿음, 소망, 사랑, 관계, 인연, 업과 시련과 행복까지 삶의 수식은 전부 나눗셈으로 이루어져 있지 않을까. 아름다운 것들은 덧셈이나 곱셈으로만 그 총량을 늘릴 수 있는 것이 아니라, 나누어도 결코 줄어들지 않는 법이니까.

나는 언젠가 누구에게 내 온기와 힘을 빼앗겼다 상심했고, 언젠가는 누구보다 내가 더 가졌다 자만했지만, 그것은 마이너스와 플러스를 의미하지 않았을 수도 있다. 단지 그 순간 세상에 마음을 나누어 주었고 마음을 나눠 받은 것뿐이었음을, 기억하겠다.

세상은 둥그니까
느리게 걷다 보면

언젠가 앞설 날이 올 거라는 믿음

세상 전부가 기름칠이라도 한 듯 빠른 유속을 지니며 내 꿈을 앞서갈 때가 있었다. 초라함보다도 비루함에 가까웠던 나의 20대, 나는 내가 유독 느린 것인지 나 말고 모든 게 빠른 것인지 종잡을 수 없어서 눈알만 연신 굴리며 손톱을 물어뜯고 있었다. 그럴 때마다 나는 이제는 세상을 떠난 소중한 친구의 말을 마음속에서 끄집어낸다. 어쩌면 어린 시절 뭣도 모르고 썼던 일기를 꺼내 보는 마음으로.

"네 속도로 걷다 보면 언젠가 앞설 날이 오지 않을까? 세상은 둥그니까."

자칫하면 오글거릴 법한 그 말이 사람 한 명을 여기까지 끌고 오다니. 권아, 근데 그건 내가 앞선 게 아니라 그들이 나보다 한 바퀴 더 걸은 게 아닐까? 난 여전히 뒤처져 있는 거고. 이런 말을 건네면 너는 나더러 글 쓴다는 사람이 문맥도 못 짚느냐며 핀잔을 주겠지. 아무튼 세상은 둥그니까 느리게 걷다 보면 언젠가 먼저 간 사람들을 앞설 날이 올 거라는 믿음, 그 믿음 하나면 못 할 것이 없더라. 네 말 하나에 지금까지 잘 버텨온 거 같다고. 고맙다고. 애타게 느린 삶이었지만 그 믿음 하나로 꿋꿋이 지금까지 걸어왔노라고 말해주고 싶어.

웃는
얼굴로

기억되고 싶어

얼어 죽고 싶다고 말했던 애인의 말을 기억한다.
눈밭에 뒹굴다 행복한 표정인 채로
얼어 죽어서 냉동 보관되고 싶다던.
나는 '죽으면 그걸로 끝나는 거잖아' 했고,
그는 '웃는 얼굴로 기억되는 거잖아' 했다.

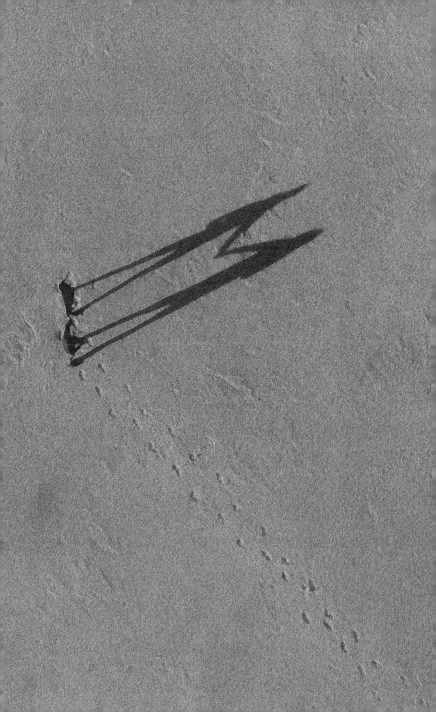

나도 나로
살아가는 게

처음이라서

버겁다. 매일 눈을 뜨면 난생처음 겪는 하루의 시작인데, 왠지 모르게 과거에도 그랬던 것 같은 부정적인 마음이 하루와 하루의 틈 사이에 덕지덕지 껴 있다. 시간이 흐르는 속도에 맞춰 나를 미워하는 이들을 끌고 다니는 것 같다. 내가 뱉은 말들은 의도치 않게 누군가에게 상처를 입히고, 난 그 대가로 앞에서 그리고 뒤에서 적지 않은 비난을 받아내고 있었다. 누군가에게 다정과 위로를 건네받으며 겉으로는 괜찮다는 표정을 지었지만, 속으로는 우는 얼굴을 했다. 어딘가 고장 난 관절을 달고 높은 언덕을 오르는데, 몸이 지칠 때마다 자꾸 건전지만 교체해서 어떻게든 완전히 방전되는 것을 유예하는 듯한 기분이었다. 세상을 가진 적도 없고, 세상이 나를 외면한 적도 없는데 괜히 고조되었다가 쓸쓸해지고, 행복해졌다가 우울해지며 하루의 온도차를 겪어냈다. 이륙과 착륙을 반복하는 감정의 난기류 속에서 난 또 내일의 비행을 시작해야겠지. 몇천 번의 몇만 번의 매일을 시작했다는 것은 그만큼 무수한 처음을 맞이했다는 말이지만, 삶은 아직도 익숙해지지 않고 매몰차며 나는 그 속도를 따라가지 못하는 것 같았다.

아직도 삶을 어떻게 살아야 하는지 모르겠고. 어떻게 해야 무난히 살아갈 수 있는지 잘 모르겠다. 당신만 그런 것도 아니고, 나만 그런 것도 아니다. 그도 그럴 것이, 나도 당신도 나라는 존재로 살아가는 게 처음이라서 그런 것 아닐까. 나도 나로 살아가는 게 처음이라서. 방금 시작한 이 하루도, 난 생처음 겪는 최초의 여행이라서.

나도 나로 살아가는 게 처음이라서.

．
．
．

방금 시작한 이 하루도,

난생처음 겪는 최초의 여행이라서.

쉬는 것도

일이라는
말

이제야 서른 중반으로 다가가고 있는 나이, 나에게 삶은 여전히 벅차고 차갑기만 하다. 변변치 않은 머리로 열심히 계산하며 살다 보니, 남은 거라고는 지금 하고 있는 일의 옳고 그름을 따질 새도 없이 무작정 달리고 있는 나 자신이었다. '지금 내가 원하는 방향을 똑바로 바라보고 있는가?' 혹은 '어떤 호흡을 유지해야 하는가?' 따위의 단순하고 본질적인 질문조차 잊고 무언가를 시작하고 끝내는 것에만 집착하는 하루를 살고 있었다. 공장에서 부품 찍어내듯 하루를 찍어내는 나를 보며, 단 일주일이라도 아무 생각 없이 쉬고 와야겠다는 다짐을 했다가 무겁게 내려놓기를 반복했던 적이 있다. 휴식의 무게가 나를 압사시킬 정도로 무섭고 무겁게 느껴질 때면, 난 오히려 '아, 몰라' 하고 나 자신을 쉬는 구간으로 끌고 가 옮겨놓는 편이다. 그러고 나면 사흘 내내 고민하던 글쓰기가 세 시간 만에 가능해지기도 하고, 왠지 모르게 바꾸기 어려웠던 업무 방식 또한 일련의 새것으로 부품 교체가 되는 경험을 하곤 한다.

무언가를 할 때 여유가 있고 없고의 차이는 물과 얼음의 분자 구조만큼이나 전혀 다른 결과를 만들어낸다. 여유가 없을 때는 불투명해 보이기만 했던 미래가, 여유가 생김으로써 투명해지기도 한다. 무언가를 해야 한다는 강박을 떨쳐내자 마음의 더러움이 씻겨 나가 외려 무언가를 할 수 있게 되기도 했다. 쉼은 한 걸음만 내디뎌도 미끄러질 것처럼 얼어 있던 내 삶을 녹여주고, 조금은 질척이더라도 밟고 나아갈 수 있게 만들어주었다.

그러니 쉬는 것도 일이라는 말은 여유의 중요성을 정확

하게 나타낸다. 여유가 없을수록 여유를 만들어야 한다. 나의 하루를, 나아가 한 달을, 더 나아가 1년을, 그리고 삶 전체를 얼어붙게 만드는 지긋지긋한 반복과 그 과정에서 겪는 경직을 깨부숴야 한다. 더 맑은 생각과 인생의 오르막길을 위해서는, 열을 내며 달리는 행동보다 쉼을 두려워하는 마음을 깨부술 수 있는 쇄빙선이 필요한 것이다.

놓을 수 있다. 잠시 열중하던 것을 멈출 수 있다. 잠시 쉰다고 해서 결코 내가 쌓아온 세상이 무너지지 않는다.

놓을 수 있다.

잠시 열중하던 것을 멈출 수 있다.

잠시 쉰다고 해서

결코

내가 쌓아온 세상이 무너지지 않는다.

내가
잘 살고 있다는 것을

내가 모를 때

열심히 달리고 있어도 그 끝이 보이지 않으면 내가 도태되는 건 아닌가 의심부터 품는 것이 사람이다. 열심히 날갯짓을 하면서도 까마득한 상공과 끝이 없는 추락을 상상하면 순간 몸이 경직되기도 한다. 보이지 않는 것은 대개 두려움의 대상이 된다. 그러므로 사람들은 자신이 잘하고 있는지, 잘 살고 있는지 꾸준한 의문을 품는다. 그런 당신에게, 또는 나 자신에게, 잘 살고 있다는 것을 내가 모를 때 기억해야 할 몇 개의 문장을 건네고 싶다. 당신이 잘 살고 있으며, 그러니 계속하라고 응원과 지지를 보내는 적당한 온도의 문장들이다.

나를 잘 모르는 이에게 욕을 먹는다

내 인생이 즐겁지 않으면 나보다 잘난 이의 인생을 가지고 노닥거리며 씹는 게 사람의 본성이다. 열등감은 대체로 가지지 못한 것에서 비롯된다. 그러니 당신이 이유 없이 비난당한다는 것은 곧 당신이 누군가가 하지 못하는 일을 하고 있으며 갖지 못한 것을 갖고 있음을 증명하는 셈이다. 잘 알지도 못하는 이의 입에서 당신의 험담이 들려온다면, 잘 살고 있나 보다 안도하고 그대로 나아가셔라.

역경은 끝이 없으나 포기하지 않는다

당신이 어떤 역경을 헤치고 났더니 또 다른 역경이 몰아친다면 잘 살고 있는 것이다. 앞으로 나아가고 있는 이에게 역경은 끝이 없다. 어떤 때는 한순간에 몰려오는 시련들에 지쳐 포기해 버릴까 싶지만, 그럼에도 결국엔 버텨냈을 것이다. 그런 위기와 시련이 지나도 또다시 매서운 파도가 반길 것이다. 계속되는 노력과 극복의 순환 속에서 이게 맞나 싶을 때가 잦을 것이다. 그러나 기억해야 할 것. 이겨냈기에 또 다른 시련이 닥쳐온 것이다. 버텨냈기에 다른 고민을 맞이할 수 있는 것이다. 무너졌다면 결코 오지 않았을 것들이다. 계속되는 그 걱정과 고민, 잘되고 있는 것이다.

잘 살고 있는지 끝없는 의심이 든다

값어치 없는 돌멩이를 두고 잃어버릴까, 누가 훔쳐 가진 않을까 전전긍긍하지 않는 것처럼 집착과 애착은 소중함에서 비롯된다. 삶에 대한 애착에서 비롯된 원초적인 질문, '내가 잘 살고 있는가'를 끝없이 고찰하고 있다면 그건 곧 현재의 삶이 소중하다는 증거다. 잘 살고 있는지 끝없는 의심이 들기에, 오히려 잘 살고 있다고 말할 수 있다.

기억해야 할 것.

이겨냈기에 또 다른 시련이 닥쳐온 것이다.

버텨냈기에 다른 고민을 맞이할 수 있는 것이다.

무너졌다면 결코 오지 않았을 것들이다.

삶의
이정표

누구에게나 처음이 있다. 예를 들면 살면서 떡볶이를 먹은 최초의 기억이라든가, 최초의 크리스마스 선물 같은. 그 기억이 '첫'이라는 말뜻 그대로 정말 처음이었는지 단정 지을 수는 없지만, 어쨌든 내 머릿속에 남아 있는 '첫'. 그런 의미에서 나에게 첫 여행은 아버지와의 단양 여행이었다.

아버지는 여행을 가자며 지도를 펼치곤 새빨간 프라이드에 나를 태워 단양으로 향했다. "분명 이 길이 맞을 텐데" 하시며 그리 많이 돌아가지 않고도 단양에 도착했다. 아버지는 "봤지? 아빠는 다 찾을 수 있다니까!"라고 자랑스럽게 말하며 콧대를 슥 쓸었다. 초등학교에도 들어가기 전 까마득한 시절의 꼬마였던 나. 어지럽기만 한 지도를 보고 정확히 목적지에 도착한 아버지. 나는 가야 할 곳만 쏙쏙 여행시켜 주는 그를 슈퍼맨 보듯 올려다보며 지도 보는 법을 여쭈었다. 그러자 아버지는 지도 이곳저곳을 가리키며 남쪽으로 가려면 밑을 향하면 된다고 했고, 서쪽으로 가려면 왼쪽으로 쭉 가면 된다고 했다. 가령 이 동굴은 동쪽에 있으니 지도에서 오른쪽을 따라 쭉 가면 된다고. 난 그렇게 간단한 일이 맞냐고 의심스러워하는 눈초리로 아버지를 빤히 쳐다봤고, 아버지는 내 좁은 어깨를 꽉 잡아주며 말했다. 갈 곳이 있다면 그런 건 중요한 게 아니라고.

"영욱아, 쉬워. 목적지가 있으면 방향에 맞게만 쭉 가면 되는 거야. 그러다 보면 이정표가 나온단다!"

아버지와 함께했던 첫 여행을 기억하며, 그의 곁을 벗어나 사회로 첫발을 내디뎠을 때를 떠올려본다. 무언가에 쫓기듯 조급하기는 한데 이 길이 맞는가를 몰라 더 달려야 할지 다른 길로 돌아가야 할지 정하지 못한 채 허둥대던 나의 초라

한 청춘. 성인이 되어 내디딘 발걸음의 끝이 아버지처럼 멋있는 도착이기를 바랐다. 거시적인 방향만 있고 불안하기 짝이 없던, 샛길이 난무하고 꼬불거리는 비포장도로가 잦던 나의 길에서도 멋지게 목적지를 찍는 사람이 되어보고 싶었다. 조금은 돌아가고 우왕좌왕해도 결국 도착해서 콧대를 스윽 쓸며 이것 보라고 당당히 말할 수 있는 어른이 되고 싶었다.

그때의 어린 나에게 해주고 싶은 말이 있다면, 아버지가 꼬마였던 나에게 알려준 대로 우선 목적지를 향해 쭉 가면 된다는 진부한 응원뿐이다. '잘 가고 있는 거겠지? 너무 느린 건 아니겠지?' 따위의 생각에 사로잡히는 날엔 이 말을 떠올린다. 도착하려는 방향으로 쭉 가다 보면 이정표는 나오기 마련이라는 그 말.

시작을 앞에 둔 당신에게, 아직도 출발점을 맴돌고 있을 당신에게 들려주고 싶은 일말의 응원이다. 너무 걱정 마셔라. 삶의 이정표는 나오기 마련이니 그대로만 나아가셔라.

아무리
허물어도

결코
무너지지만 않는다면

04

그림자
겨울 파도
바람 꽃잎 발자국
사막 봄바람 구멍

많은 단어가 '그렇지 않은 것들' 때문에 태어난다. 행복이 아
닌 것들 덕에 행복이 보이고, 끝내 사랑하지 못하는 대상들
때문에 사랑을 알게 된다. 다정과는 거리가 먼 것들 덕에 어
떤 것이 다정이었음을 깨닫고, 짙은 먹구름에서 흩뿌려진 눈
물이 비 갠 뒤의 평온을 뜻하는 무지개가 된다.

　그림자, 겨울, 파도, 바람, 꽃잎, 발자국, 사막, 봄바람, 구멍.
　그대의 불행 또한 언젠가의 행복에서 태어났다.

그림자,

겨울,

파도,

바람,

꽃잎,

발자국,

사막,

봄바람,

구멍.

．
．
．

그대의 불행 또한

언젠가의 행복에서 태어났다.

아무리 허물어도

결코
무너지지만 않는다면

잘 살고 싶다며 연신 한숨을 호호 불어대던 30대 초반 어딘
가의 내가 있었다. 누구에게나 있는 그런 시기였다. 불안의
과도기. 헛헛해 어쩌지 못하는 마음을 감출 수 없던 시기였
다. 딱히 무슨 일은 없지만 잘 살고 있는 건가 싶어 헛기침을
토해내던 어느 겨울 연말연시, 나는 별일 없는 하루 속에서
도태되고 있는 거라면 어쩌지…… 낡고 있는 거라면, 녹슬고
있는 거라면 어쩌지…… 따위의 불안감을 가득 켠 채 잠들고
일어나기를 반복했다. 내 곁에만 두고 싶었던 이들이 하나둘
각자의 삶으로 떠났다. 누구는 결혼을 하고 누구는 상을 치
르는 끝없는 이어짐과 이별 와중에 나 혼자 시몬스 침대에
누워 흔들림 없는 삶을 보내고 있는 것 같았다. 별일 없는 평

안이 내겐 너무 버거운 것이었다. 일에 심히 치여 사는 것도, 사람에 크게 상처받은 것도 아니었는데 왠지 모르게 바쁘고 아파서 뭔가를 자꾸 놓치고 외면했다.

그해는, 그런 삶의 불안기답지 않게 좋은 소식이 있었다. 살면서 처음으로 내 것이랄 게 생겼다. 삶 안에서 내 것이라 말할 수 있는 것이라곤 단 하나도 없던 나에게는, 생의 기반을 다시 세울 호재이자 의미 있는 이륙이었다. 그간 모은 돈에 대출을 크게 받아 망원동에 꼬마빌딩을 샀다. 전 건물주는 나를 보며 어린 나이에 대단하다고 말했고, 나는 내가 여전히 어린 나이일까 궁금해하며 태우던 담배를 건물 외벽에 문질러 불씨를 껐다. 여기에 카페를 차려야지. 리모델링 업체 소장님이 와서는, 노후된 내벽을 허물어야 공간이 깔끔하게 나올 거 같단다. 나는 불안한 마음에 무너지지 않을까요? 하고 걱정했다. 소장님은 무너지지 않을 만큼만 허문다고 했고, 대신 허문 자리에 지지대를 받치자고 했다. 나는 곧 없어질 낡은 벽을 두세 번 쓰다듬고는 그러자고 답했다.

아무리 허물어도 결코 무너지지만 않는다면.
아무리 허물어도 결코 무너지지만 않는다면.
아무리 허물어도 결코 무너지지만 않는다면.

숱한 감정에 낡아버리고 무언가 간직하기에는 너무 지친 나의 삶도 무너지지 않을 만큼만 허물 수 있을까. 그리고 지지대를 새로 받칠 수 있을까. 감쪽같이 다시 새것처럼 시작할 수 있을까. 아직도 가끔은 무탈에 가까운 내 삶이 불안하게 느껴지기도 하고, 제자리걸음을 하는 것 같을 때도 있지만, 꼭 뒤를 향하는 것처럼 느껴질 때면 진부한 감정에 둘러싸인 나의 하루를 약간 허물어낸 뒤 새로운 감정으로 맞이하려 노력한다.

딱히 무슨 일이 있어서, 정말로 도태되고 있어서 불안한 건 아니기에 괜찮아지기 위해 굳이 큰 노력을 하지는 않는다. 단지 중얼거리며 하루를 새것으로 교체한다.

"아무리 허물어도 결코 무너지지만 않는다면."

외로움에
대하여

연말연시가 되면 유독 신경이 곤두서는 사람들이 있다. 집에만 있자니 적적하고 혼자만 세상에 속하지 못하는 것 같고, 밖에 나가자니 시끄러움 속에서 다시 고요를 찾게 되는 방황의 달. 연말이면 밥 한번 먹자는 연락이 반갑긴 하지만 누워 있는 시간이 너무 달콤하고, 돌아오는 길에 영혼까지 털털나가 있을 내 모습을 떠올리면 역시 혼자 집에서 쉬는 게 편하다며 다시 동굴 속으로 들어가고 싶어지는 것이다.

　이 모든 감정은 외로움에서 비롯된다. 괜한 적적함에 소속감을 찾았다가 다시 그 소속감으로부터 멀어지려고 노력하는 것. 외로움에 지친 사람들은 곁에 무언가를 두고 싶어하지만, 막상 어딘가에 소속되고 나면 그것은 외로움을 해결하는 방법이 아니었음을 깨닫는 과정에 서 있다.

외로움이란 곁에 무언가 둔다고 해서 해결되는 감정이 아니다. 한겨울만 되면 명소로 꼽히는 삿포로의 나 홀로 나무를 생각해 본다. 그것이 정말로 홀로 서 있는 것일까. 수많은 이들이 매해 겨울 찾아만 준다면 그만큼 혼자 아닌 존재도 없으리라. 우리가 삶에서 숱하게 느끼는 외로움은 울창한 숲속 다른 나무 그림자에 가려져, 자라나지 못하는 관목에 가깝다. 삶이라는 넓은 토지에서 함께 자라나고 동행하는 것. 감정의 기저에 깔려 있는 시원하고도 어두운 그늘의 이끼 같은 것.

외로움은 혼자일 때 생기는 감정이 아니라, 혼자가 아님에도 필연적으로 솟아나는 감정이다. 누군가와 함께할수록 오히려 외로움이 샘솟기도 하고 군중 속에서 더 쉽게 느껴진다. 외로움이란 동질감으로도 회복할 수 없고 소속감으로도 채워질 수 없는, 인간 본연에 가까운 자연스러운 감정임을. 그러니 당신과 내가 외로움을 극복하지 못하는 건 이토록 분명하고 당연한 것임을. 그저 외로움을 자연스럽게 즐길 거리로 여기고 맞이할 수 있는 사람이기를 간절히 바라며.

그
존재만으로

존재만으로도 그 존재 가치를 다할 수 있는 이름이 존재한다고 믿습니다.

어머니에게 당신이거나, 아버지에게 당신이거나, 형제자매에게 당신이거나, 오랜 친구에게 당신이거나, 같은 목표를 지닌 이들에게 당신이거나, 직장 동료에게 당신이거나.

꼭 그렇지 않더라도, 그렇게 믿고 살아가는 것이 내 존재의 존재함에 가치를 더해주기도 합니다.

당신이라는 이유만으로 누군가에게 삶이자 이유이자 사랑이거나 즐거움이자 기댈 곳이자 기둥이자 버팀목이라고. 충분히 그럴 수 있다고. 그러고 있을 거라고.

행복은

사소한
것에서부터

아주 일상적인 일들 속에서 맞이하는 소소한 행운이나 침대에 누워서 느끼는 폭신한 안정감이 우리의 삶을 지탱한다. 나의 1년을, 한 달을, 그리고 하루를 버티게 해주는 것은 실로 어마어마한 행운이나 이렇다 할 결과가 따라오는 일들이 아니다. 때로 라면 봉지를 뜯었을 때 나오는 다시마 두 개가 뭐라고 하루를 기분 좋게 만든다. 잃어버렸던 반지를 청소하다가 다시 찾는다든가, 작년에 입었던 점퍼 주머니에서 립밤을 발견하는 정도의 행운이랄까. 유독 맛있는 과자를 먹을 때의 소소한 즐거움이나, 추운 날씨에 마주친 하얀 목련 같은 것들. 버스에서 볕이 들어오는 창가 자리가 났을 때 느끼는 편안함과 따뜻함 같은 것들. 이렇듯 삶의 만족과 행복은 아주 사소하며 일상적이라서 그냥 지나칠 법한 것들을 알아주는 데서부터 잔잔하게 쌓인다. 거대한 해일처럼 몰아치는 운이나 뚜렷한 증거가 있어야 삶이 행복에 가까워지는 줄 알지만, 오히려 그런 지대한 기대와 기적에 가까운 것을 향한 소망은 나의 생을 멍들게 만든다. 과하게 얽힌 기대와 희망이 나의 하루를 칙칙하게 만드는 주범일 수 있다. 행복은 커다란 해일처럼 단번에 몰아쳐 모든 것을 뒤바꾸는 것보다, 해변의 잔잔한 파도처럼 다가와 모래가 쌓이게 만드는 것에 가깝다.

흐르는
것들

흐르는 것들은 거짓말하지 않는다. 속도를 가진 것들이라면 필히 기운 곳으로 쏟아지기 마련이다. 미움도 눈물도 우울도 속상함도 모두 그렇게 흘러간다. 그때 내가 해야 할 건 자꾸 흐르는 감정을 막아서는 것도, 다른 길을 만들려 애쓰는 것도 아니어야 한다. 단지 기운 곳으로 흐르고 흘러서 고일 때까지 충분히 기다려주며, 올바르게 기울어지는 것이다. 그 감정 모두가 곧 범람해서 다른 곳으로 향할 것이니. 흐르는 감정의 잔재들이 다른 기울어진 곳을 향해 흘러가 채워나갈 것이니. 영원히 한쪽으로만 통행하는 존재는 없음을 기억할 것. 그저 흐르는 대로 두면 알아서 해결되는 것들이 기필코 존재하므로.

아는
것이
힘이다

'아는 것이 힘이다'라는 말이 어쩌다 설득력을 얻게 되었는지 꼬리에 꼬리를 물다 보면 그 말이 좋은 소비를 위해 존재한다는 결론에 이르게 된다. 아는 힘에 비례해서 바람직한 소비가 이루어진다는 것이다. 소비라 함은 언제나 상대적이라서 완전히 동등할 수 없기에, 정보 수준에 따라 숱한 손실을 보기도 하며, 등가교환에 가까울 때도 있고, 때론 되려 이득을 취하기도 한다. 고로 우리는 좋은 소비를 위해 무언가를 알아가며, 그를 위해 학습을 거듭한다.

소비의 흔한 개념으로는 무언가를 사기 위해 내 자산으로 값을 치르는 소비가 있으며 행하는 일에 대한 에너지 소비가 있고, 더 작게는 인간 관계를 위한 시간 소비 등이 있다. 이 모든 행위에서 에너지를 쏟거나 시간을 보내거나 대가를 치르는 밀도, 역할, 만족도는 모두 다르다.

모르고 당하면 사기라 칭할 만큼 분한 일도, 알면서 당해주면 값진 교훈으로 남을 수 있다. 알면서도 뛰어든 만남에서의 감정 소비는 어느 정도 감내할 수 있지만, 모르고 뛰어들었다면 그건 또 배신이라며 연신 눈물과 증오로 나의 감정을 소모했음을 비난하기에 이른다. 내가 어떠한 브랜드의 가치를 알면, 그 브랜드 옷의 원단이 시장 옷과 다를 바 없더라도 충분히 값지게 느껴진다. 그러니 현명한 소비의 기준은 치밀히 계산해서 알알이 골랐느냐가 아니라, 대충이라도 알고도 당해주느냐, 모르고 당하느냐에 달려 있다고 말할 수 있다.

아는 것이 힘이라는 말은 아는 만큼 당하지 않는다는 뜻이 아니라, 아는 만큼 잘 이용할 수 있다는 뜻이다. 잘 이용한

다는 것은 내가 조절 가능함을 뜻하며, 조절 가능한 소비는
결과적으로나 경험적으로나 나에게 이롭기 마련이다.

　아는 것이 힘이다. 매번 손해를 보거나 뒤통수를 맞거나
쉽게 중독되는 삶이라고 느낀다면, 사후 대처의 문제라기보
다 애초에 정보 부실이었을 가능성이 높다. 당신이 그렇게
끌어간 것이 아니라, 그렇게 될 수밖에 없었던 것이다. 대개
엉망인 소비 형태는 무지에서 비롯된다.

안정적이지 않기에

가야 할 곳이 있기에

완벽하지 않기에

멍게는 뇌를 가지고 태어나지만, 스스로 뇌를 먹어버린다고
한다. 성체가 되어 식탁 위에 오른 멍게에는 뇌가 존재하지
않는다. 바닷속에서 도피처를 찾아 안착하기 위해 사고가 가
능한 뇌를 가지고 태어나지만, 안전한 산호 속에 정착한 다
음 생각을 하지 않아도 되는 상황이 오면 에너지를 비축할
요량으로 뇌를 먹어서 소화시킨다는 것이다. 무언가를 궁리
하고 사유한다는 것은 곧 커다란 에너지 소모로 이어지기에,
뇌를 없애버리는 것은 멍게 입장에서 생존을 위한 필연적인
선택일 것이다.

생각해 보면 삶이라는 거친 해류와 파도 속에서 우린 기
필코 정착하고 싶어 하지만, 뜻대로 안정을 도모할 수 없다

는 점이 우리를 퇴화시키지 않는 유일한 요건일 수 있다. 때로 삶이 완벽하지 않으므로, 안착하지 못했으므로, 또 그다음 커다란 해류가 삶의 곳곳에 존재하므로, 우리는 생각을 멈추지 않는다. 늘 사유를 연장시키고 성장하며 움직여 간다. 가야 할 곳이 남아 있기에 살아갈 이유가 있으며, 미완의 삶이기에 더 완벽한 삶을 꿈꾼다. 쉽게 안정을 찾을 수 없기에, 아직은 가야 할 곳이 남아 있기에, 이토록 완벽하지 않기에.

일상

속

데자뷔

나에게는 그런 날이 있다. 왠지 모르게 혼날 것 같은 날이나, 지는 노을에 따라 괜한 두려움이 마음을 퀭하게 감싸는. 난 그런 날엔 종종 내가 꼭 뭔가를 잘못한 것 같다는 말을 한다. "오늘 꼭 잘못한 것만 같은 저녁이야"라고. 이에 대한 반응은 무슨 말인지 알겠다는 듯이 고개를 끄덕이는 이들과 전혀 갈피를 못 집겠다는 듯이 고개를 갸우뚱하는 이들로 딱 반반씩 갈린다. 이 글을 읽는 당신도 그렇겠지. 그래서, '잘못한 것만 같은 저녁'이 무엇이냐 묻는다면, 과거에 마음에 박힌 기억 조각조각이 데자뷔처럼 설명할 수 없는 뭔가를 연상시키는 것이라고 설명할 수 있다.

어쩐지 그런 것들. 통금 시간을 한참 지나 들어가며 보았던 밤 10시와 11시 사이의 짙고 선명한 구름, 성적표가 나온 날 골목을 뺑 둘러 늦게 들어가는 하굣길의 어스름한 녘, 어디냐는 부모님의 문자를 보았던 겨울날 아리는 손가락과 대비되게 붉어진 나의 볼. 친구의 장난감이 부러워 훔쳤던 날, 도망 나와 쓰레빠를 질질 끌며 걸어 다녔던 어느 가을날 발의 촉감, 아버지의 지갑에서 훔친 만 원만큼이나 커다랗고 파랗게 멍든 종아리를 감싸며 앉아 있었던 계단의 서늘함, 궁금증을 못 이겨 피운 담배 냄새를 없애기 위해 창을 열어놓았던 초겨울의 온도와 입천장에 붙어 있던 담배 냄새. 그렇게 꼬마 시절에서부터 20대 초반까지, '잘못'의 기억 조각들이 한데 모여 하나의 분위기와 질감을 만들어내고, 나는 한참이 지난 30대에 이르러서도 가끔 그때와 같은 기분이 드는 것이다. 의도치 않은 순간 그 기억들과 마주치고 꼭 잘못한 것 같은, 왠지 모를 기분을 느낀다. 그 순간들은 대부분 저녁 시간대였기에, '잘못한 것만 같은 저녁'이라 일컫은 것이다.

그와 반대로 '잘한 것만 같은 저녁'이나 '잘한 것만 같은 오후'는 존재하느냐고 묻는다면, 나에게는 없다. '잘못한 것 같은 저녁'을 공감하는 이에게도 같은 질문을 해보았지만, 그들 또한 '잘한 것 같은 저녁'은 전혀 느껴보지 못했다고 했다. 되짚어 보면 무언가를 잘해서 기분이 좋았던 기억이 존재하기는 하지만, 사무치게 느껴서 삶에 적용되지는 않았다.

나는 심리학적 관점이나 통계학적 수치에는 무지한 사람이라 딱히 어떤 요인과 수치 때문이라고는 말할 수 없지만, 많은 이들에게 '잘했던 날의 분위기'는 존재하지 않는지도 모른다. 대신 처음으로 학교를 조퇴했을 때 느꼈던 '세상이 멈춘 듯한 오후'와, 평상에 누워 저도 모르게 스르륵 잠들었던 날의 '바람과 함께한 낮잠', 바다에서 한바탕 놀고 나온 것 같은 '바다에 빠진 나른함' 정도의 긍정적이고 따뜻한 분위기들이 '잘못한 것만 같은 저녁'의 반대편에 존재하고 있다. 내게 이 긍정의 기억 조각들은, 대부분 오후에 있었던 일들이었기에 '무엇 무엇 했던 오후'라는 느낌으로 남아 있다.

각자가 품은 기억은 다르므로, 이 글에서 지칭하는 일상 속 데자뷔를 모두가 온전히 이해하진 못할 것이다. 그러나 분명 어떠한 기억이 과거에 반복되었기에 현재 어떤 상황에서 그때와 비슷한 온도, 습도, 질감, 촉감, 시각, 후각이 분위기로 오마주되어 사로잡힌 적이 있을 것이다. 그중 비어 있는 칸들은 '잘했던 기억'일 거라는 다분한 가능성까지도 점쳐볼 수 있다.

　나에게 과거부터 지금까지 쌓인 기억은 대부분 '잘못'했거나 '행운'이었거나 '불운'했거나 '다정'했거나 정도로 구분되어 있는데, 안타깝게도 많은 기억들 중 유독 비어 있는 칸들은 내가 잘했던 기억이다. 잘못한 날의 기억만 또렷하고, 반대로 내가 잘해서 으쓱했고 축하받았던 기억은 훗날의 나에게 분위기로 전환되어 선뜻 다가오질 못했다. 이는 그만큼 내가 잘했던 기억의 밀도와 빈도가 낮음을 증명하는 셈일 것이다.

　그렇다면 정말 잘한 것이 없어서, 그 기억들이 지금의 나에게 작동하지 않는 것일까? 공들여 생각해 보면 아니다. 우리 삶의 순간순간 정말 잘 해내었고, 박수받아 왔고, 칭찬받아 왔으며 누군가의 자랑이자 사랑으로 살아왔다. 그럼에도 잘해낸 기억들이 우리에게 데자뷔로 존재하지 못하는 이유는 "새해 복 많이 받으세요", "행운을 빕니다", "행운이 깃들기를"처럼 사회에서 불운과 행운만을 강조해 왔기 때문이거나, 내가 잘했던 순간마저 단지 운이라 치부했던 나의 매몰참 때문이거나, 잘하면 더 큰 숙제를 마련해 주는 벅찬 세상 때문일 것이다. '고작 이 일 가지고 들떠도 될까?'라며 스스로를 의심했기 때문이거나, 칭찬과 박수도 겉치레일 뿐이라며 축복의 순간을 경시했던 부정 섞인 시선 탓일 것이다.

생각해 보셔라. 먼 미래에는 지금의 기억들이 30대, 40대, 50대, 60대의 나에게 작용할 것이다. 그렇다면 '잘못한 저녁'이나 '불운한 새벽' 같은 기억의 조각이 나의 일상 속에서 작동되기보다는 '잘한 것 같은 저녁', '다 쏟아낸 것 같은 여름',

'박수 받았던 물러남', '성취한 것 같은 연말' 등의 데자뷔가 순간순간 함께하기를 바라보면 어떨까.

　누구에게나 기억의 조각이 있고, 그 조각은 앞으로 삶에서 갖은 방법으로 나의 기분을 바꿔놓을 것이다. 하루의 기분은 컨디션이 되고 능률이 된다. 예민함의 정도가 되며 누군갈 향한 태도가 된다. 잘못했던 기억이 있고, 안온했던 기억도 있고, 따뜻한 품에 대한 기억도 있지만, 그 어디에도 내가 나를 인정하고 지지했던 기억은 없어서 이유 없이 나를 믿을 수 있게 해주는 긍정의 데자뷔도 일어나지 않는 것일 수 있다.

　스스로를 향한 칭찬과 이겨냄, 성취의 기억을 오늘의 시작부터 차곡차곡 쌓아간다면 머지않은 훗날엔 내가 잘해내서 뿌듯했고 안락했으며 축하받았던 날의 기쁨과 행복을 다시 한번 누릴 수 있을 것이다. 이만큼 축복받은 삶이 어디 있는가. 지금 당장 내가 나 자신을 믿어준 기억들이 쌓여 미래

의 내 삶을 자신감 있게 꾸려나갈 수 있게 되는 것이다. 이
얼마나 참된 자존감인가.

　　당신은 하루에 몇 번이고 잘하는 사람이었고 잘하는 사
람일 것이다. 우리가 가진 기억의 조각이 자신에 대한 긍정
일수록, 미래는 빛날 것이며 아름답게 반짝이는 데자뷔가 될
것이다.

현명한

선택에
대하여

언젠가 나에게 현명한 선택을 하며 살아온 것 같다는 말을 건넨 독자가 있었다. 지방을 돌며 강연을 하던 때였고, 나의 삶을 압축하여 이야기하는 시간을 가졌었다.

"작가님의 이야기를 들어보니, 어떻게 그렇게 현명한 선택을 하셨을까 궁금합니다. 혜안이라도 있는 걸까요? 감이 좋으신 걸까요?"

순간 멈칫했다. 난 대체로 현명함과는 거리가 먼 삶을 살아왔기 때문이다. 계획은 언제나 부실했고, 무지한 선택으로 귀인들과 자산도 많이 잃었다. 멍청해서 당한 사기라든가 실패한 사업, 누구보다 느렸던 성장 등을 생각해 보면 그랬다.

나는 내가 자존감이 낮은 사람이었음을 강연에서 강조했다. 학창 시절엔 성적이 늘 밑바닥이었으며, 남들 다 제때 가는 대학도 4년이나 늦게 간신히 갈 수 있었다고. 그마저도 내놓고 자랑할 만한 지역에 있는 대학교도 아니었다. 모든 일에 불확실함만이 덕지덕지 껴 있던 20대에는 무엇 하나 확실히 이루지 못하고 사회에 내던져진 발가숭이였다.

　이러한 나의 생을 되짚어 볼 때, 현명한 선택이란 무엇일까? 정의해 보자니 아쉽게도 지금의 내가 정의할 수 없는 것이란 결론에 이르렀다. 이루어내었기에 그게 현명한 선택으로 보이는 것이라는 답만 할 수 있었다. 무엇이든 이룬 이들이 전부 현명한 선택만 했기에 성공할 수 있었다고는 생각하지 않는다. 분명 그들의 숱한 선택 속에서 하나쯤은, 이루어냈기에 결과적으로 현명한 선택으로 보이는 것일 터다. 결국 과거의 행보가 좋은 것이었는지를 결정짓는 건 지금 나의 모습이다. 그렇다면 역설적으로, 지금의 나는 어떠한 것도 현명하게 선택해 낼 수 없다. 미래의 내가 지금의 나를 현명하게 만들거나 아니게 만들기 때문이다. 내가 이루어내지 못한다면 그 과정이 아름답고 대단했다 하더라도 현명하지 못한 것이 되며, 그 과정이 한없이 비참하고 미련했더라도 기어코 증명해 낸다면 과거의 선택이 현명한 선택이 되는 구조를 지니고 있는 것이다.

"전 현명한 선택을 한 적이 없습니다. 미련한 선택의 연속이었고, 그것이 현명하게 보이도록 증명하는 데에 성공한 사람 같습니다."

그랬더니 되묻는다.

"그렇다면 작가님이 스스로를 증명하기까지 어떤 비결이 있었을까요?"

"해낼 거라 자신을 믿어주고, 꾸준히 그리고 남보다 열심히 해왔던 것 같습니다."

집에 돌아오는 길에 그와의 질의응답을 몇 번이고 곱씹

었다. 나는 적절한 답을 한 것일까. 내가 뱉은 답이 현명한 답에 가까웠을까. 깊은 생각에 빠져 있던 나는 문득 내가 뱉은 말의 오점을 발견했다. 나는 답하기를 현명한 선택이란 곧, 우직함이라는 결론을 내려버린 건 아닐까.

삼단논법으로 보자면 내 말은 꼭 그런 것 같았다.

대전제: 결국 증명해 내는 것이 꾸준한 선택이다.
소전제: 꾸준함은 증명할 수 있다.
결론: 꾸준함은 현명한 선택이다.

현명한 선택이란 증명한 이에게 주어지는 특권 같은 것이고, 증명하기 위한 비결은 '꾸준히 그리고 열심히다'라고 말했다면, 결국 현명한 선택이란 내 길 안에서 흔들리지 않고 나아가는 우직함과 가장 가깝다고 답한 거나 마찬가지일까. 그러나 '현명함'이라는 단어가 주는 어감은 우직함과는 반대쪽에 가깝지 않은가?

아직도 모르겠다. 무엇이 최선이었는지, 무엇이 현명함이고 올바름인지. 무엇이 효과적인 것이며, 또 무엇이 지혜와 가까운 답인지를. 삶의 끝자락에 다가서야만, 어쩌면 다가서고서도 정의할 수 없는 문제가 아닐까.

이것을 보고 있는 당신에게 현명한 선택이란 어떤 것인지 궁금하다. 각자의 삶에서 우린 어떠한 선택과 결과를 곧 현명하다 정의할 수 있는가. 우리의 길에서 어떠한 결론이 있어야만 나는 현명했노라 누구의 앞에서든 당당히 이야기할 수 있는 것인가.

능력에
따른

총량의 법칙

한 사람의 인생에는 그 사람이 지닌 그릇만큼 성공과 시련의 절대적인 총량이 존재한다고 생각한다. 내가 성장시킨 능력의 범주 안에서 기회를 만나 역량을 펼치고, 내가 감당할 수 있는 만큼의 불운이 찾아와 시련을 경험하기도 한다.

이를테면 체중이 100킬로그램인 사람의 최소 식사량은 50킬로그램인 사람의 최소 식사량을 훌쩍 넘어서는 것처럼, 봄날의 최저 기온은 기껏해야 영상권이지만, 한겨울의 최저 기온은 영하까지 찍는 것처럼. 무게나 온도 같은 어떤 수치가 사람 안에 그릇이라는 형태로 존재하고, 그는 가진 그릇의 크기 안에서 최대치와 최소치의 성공 또는 실패를 경험하는 것이다. 완벽하게 드러나지 않을 뿐, 대체로 삶은 이러한 법칙에 따라 흘러간다.

그러니 삶이라는 끝없는 경주에서 중요한 것은, 오르거나 내려가는 구간을 통해 나의 절대적인 가치를 꾸준히 올리는 것에 있다고 본다. 영원한 성공도 실패도 없다. 숱한 경험을 통해 좌절하거나 오만해지지 않고 무던히 성장할 뿐이다.

어떤 성공으로 인해 삶의 질이 높아질 수는 있어도 그에 맞게 나의 능력이 계발되지 않는다면, 상공에 떠 있는 삶에 비해 자신의 잠재가치는 상대적으로 낮아지는 셈이다. 그런 상대성에서 오는 간극은 불안의 형태가 되어 나를 괴롭히고, 타인이 보기에 성공한 사람처럼 보일지라도 내가 나의 삶에 당당할 순 없게 된다. 어떤 실패와 마주하더라도 내 능력 안에서의 실패일 것이라는 단단한 믿음을 갖고 있으면 된다. 한순간 고꾸라졌다고 해서 결국 해낼 수 있게 만드는 근본적인 연료인 믿음까지 버리진 않도록 해야 한다.

이루어냈을 때 중요한 것은, 계속해서 이루리라는 절대

적인 믿음이 아니라 다시 위기가 올 것을 명심하며 자신의 능력을 무한히 계발하는 것이다. 실패했을 때 잊지 말아야 할 사실은, 성공과 실패 총량의 법칙에 따라 앞으로는 불운보다 기회의 시대가 열리리라는 것이다. 그리고 그대로 꾸준히 행하는 것이다.

모든 경험은 가치의 형태로 전환되어 나의 삶을 지지할 테니.

인생의 경험은

여행으로
얻어지지 않는다

요즘 내 또래의 젊은 세대를 비롯한 많은 이들에게 '여행'이라는 키워드는 단순한 해방과 자유로움을 넘어 인생을 위한 가치 있는 투자로 여겨지고 있다. 재화와 시간 그리고 여유를 소비함으로써 '경험'이라는 가치를 얻는 것이다. 그래서 목적지 대부분은 국내가 아닌 해외다. 올해는 어딘가를 꼭 가겠다고 다짐하는 것은 새로운 생각이나 관점으로 세상을 살아가겠다는 마음에서 비롯된다.

　세상을 바라보는 시선이나 지식 그리고 지혜를 위해서 다른 세상을 탐험하는 것이 도움이 되는가? 따지자면 분명히 도움이 된다. 그러나 여행만이 시야를 넓히는 유일한 방법인가 하면 당연히 아니다. 효율의 관점에서 따지자면 여행은 경험치를 쌓는 수많은 방법 중 그다지 효율적이지 못한 투자다. 여행의 진정한 가치는 우리가 아는 바처럼 여유를 즐기는 데 있다. 반복되는 삶에서 쌓인 피로를 배출하는 수단으로서 그 역할을 이미 다한 것이다. 그 외 추가로 여행이 나의 삶에 주는 영향은 지극히 일부분이며 옵션과 같은 것이라고 생각한다.

여행이라는 행위를 시야를 넓히고 지혜와 지식을 축적하는 수단으로 생각하며, 내 시간과 여유와 재화를 지속적으로 투자하는 것은 내가 사는 세상에 대한 회피일 가능성이 짙으며, 도피처를 필요로 하는 자신에 대한 합리화에 불과할 때가 많다.

내가 스스로 경험한 것을 토대로 적은 이 주장에 근거를 덧붙이자면 아래와 같다.

1. 짧게는 며칠 혹은 몇 주를 해외에 있다고 해서 그 세계를 심도 있게 음미할 수 있을지 의문이다. 완벽한 이해가 아닌 것에서 나온 통찰이 의미가 있을까? 외려 나를 무지로 끌고 갈 위험이 있는 통찰이다.

　2. 내가 지내는 세상에서의 구체적이고 단단한 생활관과 미래관 없이 단순히 다른 세상을 경험한다고 해서 그 세상의 이점을 내 세상으로 가져올 수는 없다. 이는 기반이 없는 토지에 나무토막을 심는 것이다.

　3. 해외를 다녀온 사람들의 경험을 들어보면 특별하거나 지대한 이야기가 아니라 언제든 인터넷 정보망으로도 알 수 있는 정도에 그치기 마련이었다.

　4. '새로운 경험'이란 나의 육체가 어디에 있는가보다 나의 마음이 어디로 향해 있는가에 따라 어디서든 할 수 있는

것이다.

5. 여행의 힘을 믿는다며 주기적으로 적잖은 투자를 하는 이들을 살펴보면 사실 스스로 마련한 재화가 아닌 부모님의 지원으로 다니는 여행인 경우도 있는데, 뚜렷한 삶의 방향 역시 없어서 방황하는 모습을 많이 보았다. 이런 경우 여행은 뭐라도 하고 싶지만 딱히 노력할 방향은 찾지 못해 투자 개념으로 '뭔가 열심히' 했다며 만족하기 위한 수단에 불과한 것이다.

6. 여행으로 진정 무언가를 얻어 가는 사람들은, 자신이 속한 세상을 떠나는 시간을 무척 아까워하며 여행을 통해 비즈니스적인 뭔가를 마련하고자 하는 뚜렷한 계획이 있었다. 그게 휴식이든, 배움이든, 관계든. 그런 사람들은 자신의 세상에서 자신의 부재를 메울 현실적인 방법 역시 마련해 두었으며 여행의 목적 역시 뚜렷하다. 다른 세상에서 자원을 채

득할 준비가 되어 있으며 사실상 여행을 간다는 개념 또한 없는 여행이 대부분이었다.

여행을 가기 위한 에너지, 계획, 재산, 휴가 등을 면밀히 따져보았을 때, 과연 미래에 대한 투자 가치가 있는가 생각해 본다면 여행은 매우 비효율적인 투자일 것이다.

이유를 나열하자면 많겠지만, 사실 여행 자체로는 대단한 무언가를 얻을 수 없다. 다른 세상을 경험하는 것이 내 세상을 사는 데 도움이 되긴 하겠다만, 그 시간에 내 세상을 더 충실히 꾸려가는 게 인생에 훨씬 도움이 될 것이다. 인생을 위한 통찰력은 여행으로 얻어지지 않는다. 정확히는, 여행은 비효율적인 방법이다. 특히 N성급 호텔에 머물며 쇼핑을 하고, 맛집을 가고, 사진을 찍어 자랑하고 싶은 생각이 든다면, 여행을 즐김 이상으로는 여기지 말자. 인생의 설계와는 전혀 관계가 없는 행위다. 나는 어딘가로 홀연히 떠나는 일에 대해서는 단 한 톨의 부정적 시선도 가지고 있지 않지만, 목적과 방향이 사뭇 또렷하지 않은 여행에 대해서는 의심스러운 시선을 지니고 있다. 여행이 경험이라는 생각을 경계해야 하며, 경험을 위해 무리한 길로 빠지지 않도록 스스로 관여해야 한다.

여행은, 즐거움과 힐링 그리고 스트레스 배설을 목적으로 할 때 가장 큰 효과를 볼 수 있다. 성장을 위한다는 빌미로 여행 등의 도피처에 지속적으로 기회를 쥐여 준다면 내 인생은 딱히 이룬 것 없이 손실만 가득해질 것이다. 여행처럼 살아가야 한다는 낭만이 이 시대의 많은 골절을 야기하고 있다.

사람과
사랑의
골짜기에서

가벼운 마음이라고 여겼지만, 너무 무거워서 들어볼 생각조차 못 했던 마음이 있었다. 앳된 생각이라 여겼지만, 너무 옛된 생각이어서 말해볼 겨를도 없었던 문장들이 있었다. 그럴싸할 문장일 거라 막 적어 내려가다가도, 이렇다 할 문장이 아니었음을 깨닫고 적지 못한 편지가 있다. 함께 거닐 수 있는 길이라 생각하고 힘을 내었지만, 곧 저무는 길이었음에 주저앉은 발걸음이 있다.

난 누군가에게 건네는 모든 감정에서 앞으로도 그렇게 되리라 기대했지만, 그렇게만 흘러가지 못함을 알고는 이내 방치된 종이처럼 울었다. 사람과 사랑의 곡선은 늘 내 예상보다 무거웠고 과거가 되었으며 별일 아닌 것처럼 사라졌고

가는 길이 달라지곤 했다.

　지나간 기억은 아주 어제 같은데, 애써 예전 일이라 스스로 되뇌며 안도하기도 한다. 잊힌 사람은 아주 예전 일인데 내겐 어제의 일이라 아주 애도하기도 했다. 응당 사람과 사람간의 이어짐은 무엇을 위해 살며 사랑하는지 모르는 해파리처럼, 공간에 점을 찍듯 죽어가는 것이다. 거친 감정의 해류 속에서 매가리 없이 유영하는 것이다.

　곧 사랑은 무수히 함께이기를 원했고 그만큼 보고 싶었기에 유한히 싫증나고 미워지는 것이다. 또한 만남은 무수히 작고 초라했으므로 유한히 커다랗고 비대해지는 것이다.

　골짜기처럼 자꾸 깊어지고 그에 비례하여 채워지고 채워진 만큼 증발하며 그 생태를 유지하는 것이다.

이 시대의 사람들이

수많은 의미 안에서
허우적거리며 살아간다

현대사회에서 소비는 대부분 가성비(가격 대비 성능)를 기준으로 결정되는데, 그 기준을 넘어서는 가격에는 그만큼의 효용 가치가 없지만, 상품에 이야기를 더해 가치를 올리거나, 생각 이상의 서비스를 제공해 특별함을 부여하는 경우도 있다. 명품이 쉬운 예다.

먹고 살기 급급했던 시절에야 무게와 재질, 부속품으로 가격이 결정되었지만, 현대의 제품엔 무형 가치인 '의미'가 붙기 시작했다. '의미'는 고대부터 현대까지 쭉 존재했던 개념이지만, 지금은 그 '의미'가 제품 본연에서 나오지 않아도 인공적인 '의미 세공'이 가능해졌다. 비싼 유기농 파인애플은 제품 본연의 의미를 발전시킨 것이고, '만수르가 만진 파인애플'이 경매에서 낙찰된다면 그것은 무형의 의미를 창조시킨 '의미 세공'인 것이다.

원석을 깎아 크기가 줄어도 외려 값은 상승하는 보석의 생태를 보면 알 수 있듯, 세공의 힘은 크다. 나아가 '의미 세공'은 더욱 먹히는 장사다. 어떤 것들은 현 시대의 품종보다 더 보잘것없이 만든 뒤 '보잘것없다'는 의미를 세공해 더 값어치 있게 만드는 경우도 흔하다. 레트로, 빈티지 등. 그럼에도 꾸준히 수요가 있는 것을 보면, 파는 이와 사는 이 전부 '의미'를 중시하는 시대에 이르렀나 보다.

한참 전엔 우스꽝스러운 기사가 올라왔다. 아무것도 없는 무형의 조각이 경매에서 2천만 원에 낙찰되었다는. 무형의 조각이라는 개념이라니 누가 봐도 어처구니없는 노릇이다. 누군가는 돈지랄이라며 혀를 끌끌 차댔지만 그중 한 의견은 꽤 많은 지지를 받았다.

[현대 예술은 '형태'보다 그 안의 '개념'을 중시하도록 진화했고, 이 조각이 그 정점이다. 무형의 조각을 산 사람의 이름이 기록되고, 그것을 또 되판다. 그 행위를 하는 사람의 이름이 기록된다. 이 예술품의 값은 형상화된 물질이 아닌, 예술의 기록이라는 의미에 매겨진 것이다.] 따위의.

사람들은 '보이는 것'이 아닌 '보이지 않는 것'에 가치를 두게 되었고, 그 보이지 않는 것을 발견해 이끌어내는 데서부터 창조해 세공하는 데까지 도달했다는 걸 확인시켜 주는 사례다.

이처럼 제품도, 예술도 시장의 규모가 증가하며 잇따라 통찰 또한 그에 걸맞게 진화해 가고 있다면, 사람이라고 그러하지 않을 리 있겠는가.

나의 인생을 한 세계의 연대기라 본다면 내 집안, 내 애인, 내 친구, 내가 입는 옷, 타는 차, 사는 곳 등은 창세기부터 시작해 지금까지 쭉 진화해 왔고 진화할 것이다. 중요한 건 나의 통찰력과 해석 능력 또한 재화와 능력에 걸맞게 진화해야 한다는 것이다. 가진 것은 늘어나는데 그걸 바라보고 이용하는 시선은 구시대에 머물러 있다면 그것을 지닐 가치가 없는 사람일 테니. 물건도, 관계도, 학문도. 모든 구석에서 이런 기준이 통용될 것이다. 그렇지 않으면 자칫 합리적인 '소비'가 아닌 '소모'로 변질될 수 있다.

나는 지금도 영원을 믿지만, 영원은 물리적인 시간의 무한함을 말하는 게 아니라는 어느 시인의 문장을 좋아한다. 살수록 어떤 것의 가치는 해석하고 부여하기 나름이라는 걸, 이젠 안다. 얼마나 편한가? '영원'처럼 이미 정의된 개념도 내가 다르게 정의하며 살 수 있다니. 물건처럼 어떤 개념에도 의미를 세공해 나의 삶에 팔아서 마음 부자로 살 수 있다. 세상은 의미를 창조하고 부여함에 따라 다르게 보인다. 누군가가 돌멩이라고 해도 나에게 그게 보석이라면 소중히 다루며 수집할 수 있다.

　여하튼, 육안으로 보이지 않는 전자기파 같은 것들이 내 방 안을 가득 채우고 있듯, 세상 전체를 보이지 않는 '의미'가 꽉 메우고 있다. 이 시대의 사람들이 수많은 의미 안에서 유영이라도 하는 것처럼.

사랑은

노력이다

이상형

난 형태나 조건으로 딱 정의되는 이상형이라고 할 만한 기준이 없는 사람이라, 이상형을 물어보면 '끌리는 사람' 정도로만 대답을 한다. 그리고 어떤 사람이 잘 모르는 타인에게 끌리는 데에는, 이상형이라는 단어처럼 범주가 명확한 형태의 힘보다는 금속류가 자석에 끌리는 것과 같이 육안으로는 보이지 않는 자기장 같은 힘이 작용한다고 생각한다. 그러니 그건 이상형이라기보단 이상향에 가깝달까.

삶이 지속될수록 사랑이라는 관계에서 염원하는 형태보다 염원하는 생태가 존재함을 느낀다. 어릴 때야 어떤 인간형의 명확한 실루엣에 천착했던 사람도, 나이가 들어감에 따라 그 사람과 어떤 환경의 연애를 할 수 있는가, 그 사람과 어떤 관계를 만들어갈 수 있는가, 같은 보이지 않고 모호하지만 자신만은 알고 있는 기준에 따라 마음이 작동하고, 그 스위치의 범위가 넓어진다고 생각한다.

그런 측면에서 내가 원하는 연애의 생태는 서로가 가진 세계를 존중받을 수 있는 형태다. 같은 공간에 있어도 각자 다른 취미를 즐길 줄 아는 사람. 이상형을 묻는다면 이 정도로 답할 수 있겠다. 자신이 가진 취향을 자신이 사랑하는 상대만큼이나 애정하고 아낄 줄 아는 사람. 곧 '나'를 사랑할 줄 아는 사람. 그런 사람과의 거침없이 존중받는 연애를 좋아한다. 난 태생이 야생동물 같은 사람이라, 어떤 사람이 내 영역에 한번 들어온 다음에도 내 취향을 방해받으면 털을 곤두세우며 하악질을 하곤 했다. 사람도 결국 동물이라는 범주 안에 속해 있으므로 각자의 영역을 존중받길 원한다고 생각한다.

함께 있는 방 안에서 각자가 가진 취미와 재미를 즐길 줄 아는, 그러다가도 함께 한 가지에 몰두해 줄 수 있는 여유로운 사람이 좋다. 나에게 이상적인 만남이란 성숙한 주고받음 속에서 나오는 묘한 자유와 속박의 줄타기에 가깝다. 마음이 서로에게만 쏠리지 않더라도, 충분히 주고받음이 가능한 사람이 좋다. 각자의 이상향을 각자의 방향에 맞게 그리며, 전체적으로는 일상을 함께 꾸릴 수 있는 여유로운 사람이.

여전히

사랑이
남아 있으므로

어릴 적엔 여느 아이들처럼 애착 인형이 있었다. 토끼 인형 바비였다. 특별한 날 받은 선물도 아니지만 이름을 지어주고 가장 친한 친구로서 머리맡에 뉘여 잠들곤 했다. 내 앳된 시절을 채워준 수많은 장난감 중에서 유일하게 그 이름과 형태가 뚜렷이 기억나는 것을 보면 얼마나 바비를 아꼈는지 알 것 같다. 바비는 슬픈 일이 있을 때면 커다란 귀로 들어주고, 껴안고 한바탕 울고 나면 함께 축축해져 있곤 했다. 추억은 많지만 바비와 언제 어떻게 무슨 이유로 헤어졌는지는 잘 기억나지 않는다. 예나 지금이나 삶에는 소중했지만 언젠가 내가 버렸거나 남겨졌거나 하는 알 수 없는 일들이 늘 빈번히 존속하므로.

난 대부분의 시간 속에서 바비를 잊고 지내지만 1년에 한 번쯤은 그 인형이 어디에 있을지, 어떻게 지낼지 나를 원망하고 있지는 않을지 상상의 나래를 펼치곤 한다. 아직도 나를 작고 여린 아이로 여기고 있을지, 어른이 되어버린 나를 대면한다면 뭐라고 말해줄지.

이렇게 소중했던 것들과의 연결을 떠올리면 난 가끔 애착했던, 다정했던, 애정했던, 소중했던 많은 것들과의 이야기가 흘러갔으나 고여 있다고 생각한다. 특별히 나만 그런 기억이 있는 것도 아니었으며, 엄청난 우연의 우연으로 그들과 함께한 것도 아니었고, 그땐 그렇게 큰 의미를 지니는 줄도 몰랐던, 늘 서로를 지켜주고 아끼던 것들.

숱한 시간 속에서 어쩔 수 없이 묻혔지만, 결코 기억의 무덤으로 들어가진 않은. 여전히 소중했던 기억으로, 애틋한 형태와 이름이 남아 있는. 따뜻한 온도의 기억으로 떠올리며 난 미안하기도 궁금하기도 다시 보고 싶어지기도 한다.

그럼에도, 그러므로 여전히 사랑이 남아 있으므로.

그러나, 그래도, 그렇지만 여전히 우리의 삶은 사랑이므로.

이제는
이해가 되는

이별의 이유들

서로를 너무 잘 아는 남이 되었다

너무 잘 알기 때문에 헤어짐을 다짐하게 되는 관계가 있다. 외울 수 있는 것은 과연 무뎌졌다는 것을 뜻하는 걸까. 서로에게는 마음을 열 수 있는 비밀번호 같은 것이 존재하는데, 서로 그것을 너무 잘 알지만 이젠 기억해 낼 수는 없는 무뎌짐에 가까울 때, 너무 눌러서 그곳만 닳아버린 도어록 비밀번호처럼, 너무 잘 알아서 정답만이 흐릿해졌다. 그때 우리는 다시는 돌아갈 수 없는 시절의 문 앞에 서 있음을 깨닫게 된다. 습관적으로 만났지만, 까먹은 지 오래인 기념적 순간들과 숫자와 기억과 마음과 다짐과 약속. 열병 앓듯 사랑했기에, 의존했고 기대었기에, 깊은 기대가 있었기에. 반복했기에. 계속 마음에 들였기에. 미워하고 증오했기에. 이제는 눈을 뜨지 않아도 보이는 만남의 종결지가, 우리 앞에 있었다.

미래가 그려지지 않을 때

충분히 즐겁고 정다운 연애지만 미래가 그려지지 않는 관계가 있다. 당장의 감정과 미래에 대한 기대 사이에서 고군분투하며 고민하다가 결국 더욱 안정적인 삶을 위해 놓아버리고야 마는 만남이 있다. 뚜렷이 무엇을 갈망했으며 기대했는지는 잘 모르지만, 알 수 없게도 그와의 앞으로의 삶이 선뜻 그려지지 않았다. 결국 사랑에는 즐거움과 따뜻함만으로는 채워질 수 없는 커다랗고 중요한 갈증이 존재하는 것이므로.

사랑의 개화 시기의 차이

그의 심성이나 서로를 향한 마음, 또는 조건적인 면보다도 시기가 문제가 되었던 사랑이 있다. 아마도 그건 개화하기도 전에 지는 것을 두려워했던 사랑이었다. 지나고 보니 따뜻한 봄날이었음을 기억하며 후회하게 되는. 직전에 겪었던 아픈 사랑 때문에 두려움이 잔재해 있거나, 유독 불운이 가득한 시기에 만나서 마음을 주고받음이 어긋나버린. 안타깝기도 하고 그만큼 아름다울 수도 없었던. 이별의 다짐이 미안하고 마음 아프지만, 생에 한 번쯤은 타이밍이 맞지 않아 이루어지지 못한 사람이 있다. 언제나 마음속에 두고두고 간직하며 잘 지내시느냐 안부를 묻고만 싶은. 반짝 피었다 져버린 벚꽃 같은.

사람으로서 사랑함이 커질 때

너무 사랑하지만 헤어짐을 다짐한다는 말이 거짓이라고만 생각했지만, 사랑의 경험이 쌓이며 이제는 조금 이해가 되기도 한다. 그 이유는 아마도 상대를 이성보다 인간으로 더욱 사랑했기 때문이리라. 여전히 아껴주고 싶고, 곁에 있고 싶지만 현실적으로 해주지 못하는 것들이 생기기 마련이다. 미래를 향한 약속, 원하는 만큼의 만남 빈도, 주고 싶은 선물, 예민하지 않은 하루. 마음과 해줄 수 있는 것의 사뭇 커다란 간극 안에서 균열이 생긴다. 더는 내 곁에 두면 그 사람의 삶을 갉아먹는 느낌이다. 이마저도 핑계라, 스스로의 마음 안에서 굉장히 복잡하고 얽힌 심정이 오고 간다. 결국은 도망을 택하고, 후에 후회를 약속하는 사람이 생에 한 번쯤 있다. 사람으로서 너무 사랑했기에, 그 과정이 힘듦을 알고 결과가 보였기에, 끝내 놓아주게 되는 사람.

사랑은

쓰거나
읽는 것

글쓰기에 능한 사람이더라도 속독이나 어려운 문장을 이해하는 데에는 좀처럼 익숙해지지 않는 경우가 있다. 읽는 것에 자신 있는 사람도 쓰는 일에는 취약해서 전해야 할 문장을 돌고 돌아 어렵게 적는 경우가 있다.

이처럼 마음을 주는 것과 받는 것도 서로 연결되어 있기는 하지만 엄연히 다른 분야라고 생각한다. 쓰기의 영역과 읽기의 영역이 다르듯, 사랑을 주는 것과 받는 것은 다르다.

사랑은 받아쓰기처럼 듣는 행위와 쓰는 행위가 동시에 이루어지는 게 아니라, 마음을 잘 읽어주는 것과 잘 건네주는 것 두 가지가 명확히 구분된다. 이러한 사랑의 메커니즘을 이해하지 못해 때로는 서운함이나 멀어짐 등 불화의 전조

증상이 생기곤 한다.

　기억해야 할 것. 내가 사랑을 잘 건네줄 수 없는 상황이더라도, 잘 받아주는 것만으로도 서로의 마음은 식지 않고 지속될 수 있다. 또 사랑을 받는 것을 어려워하는 사람도 존재한다. 그런 이에게 마음의 벽을 느끼기보다는 그의 벽이라도 끌어안고 무한히 사랑을 건네줄 것. 받는 것보다는 주는 것이 편한 사람이 있고, 주지는 못해도 잘 받아줄 줄 아는 사람도 있다. 주고받는 것을 모두 잘할 수 있다면야 좋겠지만, 어디 완벽한 사람이 있으며 어디 완벽한 만남이 있겠는가. 중요한 건 서로가 서로를 이끌어주느라 고생했을 노력을 알아주는 것. 나의 마음을 잘 정제된 상태로 건네주려고 노력하는 것과, 상대의 노력을 기쁜 마음으로 받아줄 수 있는 연습일 것이다.

　상대의 부족함을 이해하며 내 장점으로 덮어주는 것. 내가 잘할 수 있는 것을 상대에게 똑같이 요구하지 않는 것. 각자의 역할을 충실히 하며, 어떤 역할 하나도 가벼이 여기지 않는 것. 그렇게 서로가 서로를 써 내려가거나 읽어주는 것. 오래 식지 않을 사랑의 메커니즘이다.

믿음과 소망

그리고
사랑

나는 기독교를 믿는 아버지와 조상님을 믿는 어머니 사이에서, 아버지를 따라 기독교를 받아들이며 자랐다(아버지의 결혼 조건이 자신의 종교를 따라주는 것이었다고 한다). 때문에 우리 집 가훈은 기독교 집안에서 단연 보편적인 '믿음 소망 사랑'이었다. 태어나기 전 어머니의 배 속에서부터 교회를 다닌 모태신앙자로서, 조상님께 제사를 올린다거나 절을 하며 안녕과 소원을 비는 경험을 하지 못했다.

나의 초등학교 시절을 관통하는 단어가 있다면 '공포'였다. 귀신, 밤, 새벽, 무서움 등의 제법 스산한 것들이 유년기를 가득 채웠고, 그 시작은 아주 어렸던 초등학교 저학년 시절로 거슬러 올라간다.

그때 나는 아주 철없고 장난기 가득한 꼬마였다. 설을 맞아 외갓집에 들렀다. 친인척분들이 한집에 모여 성묘를 갔는데, 묫자리 앞에서 돌아가신 조상님들께 인사를 올리는 와중 우리 가족만이 아버지의 종교를 따라 간단한 묵념을 했고, 그다음에는 친척들이 묘에 술을 뿌리거나 향을 피우는 등 제사를 지냈다. 어른들은 아이들의 산만함이 귀찮았는지 겉치레로만 참여시키곤 저쪽에 가서 놀라고 했고, 나는 또래 사촌들과 함께 갖은 놀이를 하며 묘지 구석구석을 후비고 다녔다.

누군가의 묘 위에 올라가고 넘어지기를 반복하던 때 어른들은 멀리서 노는 우리를 보곤 큰소리로 꾸짖기도 했다. 그땐 그게 잘못된 행동이라 생각 못 했을까. 그러다 벌받는다는 어른들의 말을 귀담아듣지 않고, 종일 묘 사이를 마구 뛰어다니며 숨바꼭질을 했다.

한바탕 놀고 난 뒤 묘한 향냄새가 나는 외갓집으로 돌아온 나는 스르륵 잠이 들었다.

그날 쏘다닌 산과 들판, 혼나서 잔뜩 긴장된 마음 그리고 온돌 바닥의 따뜻함이 합쳐진 탓에 식은땀을 흘리며 곤히 자던 중, 이상한 기운이 느껴졌다. 오른쪽 귀와 목 사이로 생전 경험해 보지 못한 전기가 흘렀고, 순간 잠에서 깼는데 몸이 움직여지지 않았다. 통칭 '가위눌림'을 난생처음 경험한 것이다.

외갓집은 아주 시골에 자리 잡아 가로등 하나 없는 데다 을씨년스러운 기운이 드는 날씨였기에 그 가위눌림이 나에겐 지옥과 같은 공포였다. 더군다나 죽은 이들의 자리에 잔뜩 머물렀던 그날 하루가 스쳐 지나가며, 상상 속에서나 존재하던 도깨비가 눈앞에 나타난 것이었다. 도깨비가 나에게 악담을 퍼붓고 있었다. 새끼손가락을 움직이려 끼잉끼잉거리며 그 악몽에서 벗어나기를 간절히 빌던 중 어느 순간 몸이 움직였고 자리를 박차고 일어나 아버지가 잠든 곳으로 가서 엉엉 울었다.

"아빠, 잠에 들었는데 몸이 움직이지 않고 도깨비가 나와서 저를 눌렀어요. 내가 보기도 싫다면서요. 얼른 벌을 받으라고 했어요."

그러자 아버지는 잠에서 덜 깬 목소리로 조용히 나에게 말했다.

"영욱아, 그럴 땐 하나님을 불러보렴. 하나님, 하면 사라질 거란다."

그 말을 듣고 내가 안정되길 바랐던 아버지의 바람과는 달리, 나는 더 심한 공포에 휩싸였다. 하나님을 불러야만 해결될 일이라면, 내가 본 건 허상이 아니라 정말로 마귀나 악마나 도깨비 같은 영적인 존재라는 뜻이므로. 아버지의 말은 "이 세상에 귀신이 정말 있단다"와 동일한 말이었다. 그 말을 듣는 즉시 못자리에서의 일들, 벌받는다는 어른들의 말 등 갖은 기억이 뇌리에 스쳤고 충격을 받아 잠을 이루지 못할 지경이었다. 나는 아버지의 품 안에서조차 뜬눈으로 벌벌 떨며 아침을 맞이했고, 날이 화창하게 개고 나서야 어느 정도 안심이 되어 잠을 이루었다.

　그날부터 몇 년간 나는 공포 질환을 이겨내 보고자 노력해야 했다. 혼자 자는 것이 매일 악몽이었고, 누가 내 발을 만지는 느낌이 들어 아버지와 어머니 품으로 도망쳤다. 약의 힘을 빌리기도 했고, 침대에 귀여운 인형들을 잔뜩 둔 채로 눈을 감기도 했다.

　어느 날 나의 공포심을 단번에 없애준 건, 다름 아닌 나를 공포로 몰아세웠던 가위눌림이었다. 피카츄 인형을 꼬옥 안고 잠든 어느 날, 가위눌림 속에 귀여운 피카츄가 등장했다. 나는 그렇게 그것이 귀신이 아닌 내 마음에서 나온 것이었음을 깨닫게 되었다. 그 이후로 마법처럼, 모든 정신적인 공포에서 해방되었다. 일말의 남김 없이, 한 번에 괜찮아진 마음의 병을 보고 있자니 무엇을 그렇게 두려워했을까 허무함 아닌 허무함과 더불어 세상에 귀신은 없다는 확신이 들고 마음이 지대하게 가벼워졌다.

삶에 두려움과 고통의 구간이 오면, 그 시절 겪었던 이 일을 떠올린다. 믿음과 소망, 사랑을 품고 귀신이 물러가길 바라며 속으로 되뇌던 하나님이라는 이름, 아버지의 말, 그리고 나를 공포에서 벗어나게 해준 피카츄까지.

아버지에게 묻는다. 아버지, 정말 하나님은 존재하나요? 정말 신이랄 게 있는 걸까요. 그렇다면 아버지의 믿음과 소망 그리고 사랑은 신으로부터 나오는 건가요. 그 믿음과 소망이 공포로 다가올 땐 어떻게 하나요. 그 믿음과 소망이 두려움의 시초가 되면 어떻게 하나요. 저에게 보여주려 했던 믿음과 소망으로 인해 저는 열병 앓듯 마음의 병을 앓았습니다. 생각해 보니, 나를 몇 년간 괴롭힌 건 가위눌림이 아니라 고작 아버지의 한마디였습니다. 그냥, 누구나 겪는 한때의 꿈 같은 거라고 말해주셨더라면 무섭지 않았을 테죠. 때론 이렇다 할 긍정적 메시지를 되뇌지 않는 것이 나를 안정시키기도 한다는 사실에 동의하는지요. 매일 서너 번의 가위눌림으로 눈은 퀭하고 종종 늦잠을 자던 저는 하루에 삼사십 번은 하나님의 이름을 불렀지만 그때마다 삼사십 번의 공포가 있을 뿐이었습니다. 그걸 깨트려 준 건 한낱 만화 속 귀여운 캐릭터였습니다. 삶이 두려울 땐 무엇을 찾아야 하나요. 믿음과 소망 그리고 사랑이 내겐 더 무서운 것들이 되어갑니다. 그것만을 믿으며 사는 것이 왜 이렇게 공포스러운 질환 같을까요. 보이지 않는 것을 믿으며 살아가다 보면 꼭, 정말 허황된 공포가 실로 존재하는 것 같아집니다. 있지도 않은 것들이 있다고 믿으며 나는 오늘 밤도 잠 못 이룹니다.

난 아직도 그때의 공포와 무서움을 종종 떠올린다. 움직이지 않는 두 손을 모아 하나님만을 외치던 몇 년간을. 믿음과 소망, 희망, 사랑이 나를 더 불안에 떨게 만드는 건 아닐까 가끔씩 집요한 생각에 사로잡히기도 하면서.

틈틈이,
사랑

'간혹'이라는 단어는 사랑에 있어 가혹하게 느껴질 때가 많았다. 마음이 오가는 빈도가 뜸해진다는 건 실상 끔찍해진다는 것을 의미했다. 간혹으로 바뀐다는 것. 그러니까, 너무 자주 보는 것 같아 만남의 주기를 늘린다는 의미일 수도, 이제는 서로가 좀 뜨문뜨문 생각나는 사람이라는 개념일 수도 있는 것. 둘 다 가혹하기는 마찬가지였다.

사람과 사람의 이어짐이 시간이 갈수록 촘촘해질 수 있을까? 조금만 생각해 봐도 관계란 점차 느슨해지는 쪽으로 흐르는 게 당연한 순리겠지만, 받아들여야 하는 입장에서는 그 답답함을 좀처럼 버텨낼 수 없는 것이었다.

이런 이론을 갖고 있던 내게 조금 다른 깨우침을 준 사람이 있었다. 갈수록 성숙해지는 주변 환경에 맞추어 나 또한 성숙해지고자 다짐했던 20대의 끝자락에 내 곁을 오래 지켜줬던 애인과 했던 약속을 떠올려보면, 그는 조금 더 무르익은 사랑의 방식으로 날 이끌어준 사람이 아닐까 싶다.

뜻깊은 연말, 우린 조촐하게 초를 켜며 한 해의 마무리를 함께했고 서로에게 작은 카드를 건네주었다. 카드엔 조금 더 틈틈이 사랑하되 조금 덜 촘촘히 함께하자는 무거운 약속이 적혀 있었다. 흘긋 보면 서운한 문구일 수도 있겠지만 그가 가진 사랑의 깊이를 잘 알기에 어떤 의미일지 이해하고 싶었다. 우린 긴 밤을 빌려 앞으로의 만남에 대한 이야기를 나누었고, 조금 덜 촘촘히 함께하자는 결론에 달했다. 앳된 만남이라 하기에는 몇 해나 함께했고, 그 시간을 지나왔으니 조금은 느슨하게 함께해도 괜찮지 않겠느냐는 요동치지 않는 인정이었다. 긴장이 가득했던 삶에서 둘의 관계조차 잔뜩 수축하기만 한다면 우리는 어디서 이완을 누려야 하지? 그러

니 이제 조금은 뜸해지자고. 대신, 틈틈이로 바꾸자고. 서로
에 대한 생각은 일부러 하는 것이 아니라 저절로 나는 것이
기에, 부담을 느끼며 촘촘히 생각하기보다는 편하게 틈틈이
떠올려주자던, 자주 만나려고만 하지 말고, 조금은 덜 만나도
자주 보고 싶어 하자던 대화가 오갔던 날이었다.

소중한 사람과의 관계는 고무줄과 같아서 끊어지지 않는
한 탄성이 존재한다고 믿는다. 언제부터인가 이완된 사이가
다시 수축하기도 하고, 그러다 또 가까워졌을 때 축적한 힘
을 받아 이완되기도 한다는 것을 이해하기 시작했다. 그러니
나에게 사랑의 성숙이란 '촘촘히'가 아닌 '틈틈이'이며, 사랑
의 완성이란 그 순환을 이해하는 것이다.

성숙한 사랑. 완벽한 사랑.

사랑이 뜸해질 때만 느낄 수 있는 애틋함이 있는데, 그 애
틋함만큼은 뜸해질 수 없음을 알게 됨으로써 좀 더 평안한
사랑의 방식이 구축된다. 마음과 마음 사이에는 단순히 시간

을 나누고 함께하기만 해서는 회복할 수 없는 피로가 존재한다는 걸 인정함으로써, 틈틈이 그러나 조금 더 빈틈없이 사랑할 수 있는 것이다.

나에게 사랑의 성숙이란

'촘촘히'가 아닌 '틈틈이'이며,

．
．
．

사랑의 완성이란

그 순환을 이해하는 것이다.

사랑은
노력이다

유명한 노래 가사 "사랑을 노력한다는 게 말이 되니"를 듣고 적잖게 공감은 하지만, 한편으론 사랑은 노력이라는 말을 지지한다. 사랑하는 것은 노력이고, 변함없는 것 또한 숱한 노력이다. 무언가를 향해 마음을 두는 걸 어려워하는 이들에게는, 마음을 주고받는 것이나 좋아한다는 말을 건네는 것조차 자신을 지배하는 두려움으로부터 벗어나려는 거대한 용기다. 계절마다 바뀌는 풍경, 내가 갈아입는 옷의 무게, 무너지는 것들과 다시 세워지는 것들, 갈라지는 것들과 합쳐지는 것들을 보고 있자면, 늘 누군가에게 변함없이 다정함을 건네는 일이 얼마나 큰 노력인지 알게 된다. 그러니 아마도 "사랑을 노력한다는 게 말이 되니"라는 말은, 사랑을 '억지로' 노력한다는 게 말이 되냐는 말과 일맥상통할 것이다. 사랑이란 저절로 노력하게 되는 것. 그러니 노력을 해야 하는 것은 맞지만, 스스로 노력하고 싶어지는 것에 가깝다. 그것이 사랑의 본질이다. 자꾸만 그곳으로 방향을 틀고 싶어지는 것. 다가가고 싶어지는 것. 다가가기 위해 지금은 잠시 멀어지는 것까지 스스럼없이 노력하게 되는 것. 매번 뒤죽박죽으로 흐르는 취향을 거스르고 한없이 한결같아지는 것. 수많은 유혹에 걸터앉아 한결같음을 포기할까 싶지만, 사랑하기에 한결같음을 노력하게 되는 것.

사랑은 노력이다. 그러나 노력하고 있다는 것을 인지하지 못할 정도로 당연히 그렇게 하고 싶어지는, 사랑은 애쓰는 것이다. 그러나 애쓰고 있다는 것을 당장은 알지 못할 정도로 당연히 그러고 있는 애씀에 가까운 것이다.

사랑은 노력이다.

그러나 노력하고 있다는 것을

인지하지 못할 정도로 당연히 그렇게 하고 싶어지는,

．
．
．

사랑은 애쓰는 것이다.

생선

묻은
밥

엄마를 생각하면 생선이 떠오른다. 우리 가족은 해산물보다는 고기를 좋아했는데, 때론 가부장적이었던 아버지에게, 그리고 눈에 넣어도 아프지 않을 나의 입맛에 맞춰 엄마는 식탁의 찬과 요리를 양보했다. 엄마의 고향은 강경인데, 젓갈이 워낙 유명한 동네라서 어머니의 유년과 청년기에는 비릿한 생선과 젓갈이 가득했고 그에 따라 입맛 또한 그렇게 말뚝 박혀 있다. 그래서 엄마와 여행을 가거나 데이트를 할 때엔 대개 해산물을 먹는다. "엄마 뭐 먹고 싶어?" 하면 십중팔구 생선이나 해산물이 등장한다. 그깟 고등어구이가 뭐라고, 평생을 참고 사신 탓인지 이젠 아주 야무지게 발라 드신다.

엄마는 키가 아주 작다. 키에 비해선 잘 드시지만, 아무래도 작은 사람이다 보니 밥이 늘 남기 마련이다. 식사를 하면 엄마의 밥은 늘 귀여울 정도로 많이 남아 있는데, 나는 그런 엄마의 밥을 가져와서 먹는다. 그럴 때마다 엄마는 더럽다면서 극구 말리지만, 난 그 밥을 먹는다. 비위가 약해서 누구와도 빨대를 공유하지 않고, 숟가락 들어간 찌개는 절대 먹지 않는 사람이지만 엄마가 남긴 밥만큼은 스스럼없이 먹는다.

엄마가 남긴 밥을 먹자면 쌀에 남아 있는 비릿한 향이 좋다. 쌀알에 달린 생선 쪼가리가 좋고, 쌀알에 묻은 젓갈 양념이 귀엽다. 엄마는 더럽다지만, 그녀가 남긴 것에는 더러움을 느끼지 않는다. 당연히 그럴 수 있고, 그래야만 한다고 생각한다.

평생을 양보하며 보살펴 준 은인의 밥을 더럽다고 느낀다면 건강한 사고를 지닌 사람이랄 수 있을까. 무릇 제 부모의 털을 핥아주는 짐승보다 못할 것이다.

부모는 지금까지의 생을 나에게 선물해 주었으니 난 그들의 남은 것들을 서슴없이 사랑해야 마땅한 일 아니겠는가.

무릇,

보고 싶다는
말은

보고 싶다는 말은 무릇 사랑한다는 말이다. 또는 깊게 좋아
한다는 말이며 시간을 내어달라는 조름이자 함께 누워 있자
는 졸음이다. 마음을 떼어주겠다는 희생이며 밥 한 끼 나눠
먹고 든든하게 살아가자는 연대일 것이고, 좋은 것을 보며
삶에 쌓인 먼지를 훌훌 털어버리자는 응원일 것이다. 더 가
까워지자는 마음의 건넴일 것이며, 함께하자는 맞잡음일 것
이다. 퍽퍽한 삶에서 일말의 낭만을 찾아내자는 권유일 것이
며, 일상의 지루함에서 여행을 떠나보자는 유혹일 것이다. 또
다시 경험해 보자는 포옹일 것이며, 서로를 용서하자는 관용
일 것이다. 서로를 응시하자는 부탁일 것이다. 혼자는 이제
두렵다는 한탄일 것이다. 무릇, 보고 싶다는 말은.

사랑은

쓰지 않는 단어들이

제멋대로 이어지는 일

사랑하는 이가 생기면 일상에선 좀처럼 쓰지 않던 단어들이 내 삶에 즐비하게 됩니다.

그의 사랑을 〈구걸〉한다든가 그와의 미래를 〈염원〉한다든가 그를 〈추앙〉합니다. 늘 〈곁〉에 있고 싶습니다. 내게 〈무심〉하지 마셔요. 〈뜸한〉 그의 〈다정〉이 나를 〈병들게〉합니다. 〈애정〉합니다. 〈열렬히〉 사랑합니다. 〈끝도 없이〉 보고 싶습니다. 다음 〈생〉에서라도 〈연〉이었으면 좋겠습니다. 〈그대〉 생각에 〈온밤〉을 〈미열〉 가득히 보내고 있습니다. 〈연〉이 〈맞닿을〉 거라 나는 믿습니다. 그리운 마음에는 〈쉼〉이 없나 봅니다. 〈그쪽〉을 만난 후로 〈내 계절〉은 〈봄밤〉입니다. 다시 〈뒤돌아〉봐 주셔요.

따위의 사용 빈도가 낮은 단어들만 자꾸 떠오릅니다.

사랑이 곧 문학적인 표현을 만들었고 시를 탄생시켰고, 또 알 수 없는 문장들의 연속을 만들었습니다.

사랑이라는 세계 속에 오밀조밀 숨어 있던 단어들이 일상 밖으로 아무렇지 않게 튀어나옵니다.

또 아무렇게 적어대도 사랑 덕에 문장의 맥락이 아주 잘 이해됩니다.

사랑은, 내 세상 밖의 단어를 끌어다가 삶에 덕지덕지 칠해버리는 일이기 때문입니다. 주어와 목적어가 자주 왔다 갔다 하며 종결어미의 일관성이 아주 없습니다. 따뜻함과 차가움의 온도차가 제법 큽니다. 덕지덕지.

그의 사랑을 구걸한다든가 그와의 미래를 염원한다든가 그를 추앙합니다. 늘 곁에 있고 싶습니다. 내게 무심하지 마셔요. 뜸한 그의 다정이 나를 병들게 합니다. 애정합니다. 열렬히 사랑합니다. 끝도 없이 보고 싶습니다. 다음 생에서라도 연이었으면 좋겠습니다. 그대 생각에 온밤을 미열 가득히 보내고 있습니다. 연이 맞닿을 거라 나는 믿습니다. 그리운 마음에는 쉼이 없나 봅니다. 그쪽을 만난 후로 내 계절은 봄밤입니다. 내가 뭐라고 말하고 있었죠? 다시 뒤돌아봐 주셔요. 여전히도 사랑합니다.

정도로. 덕지덕지.

다 쓴 편지들이, 정말 무슨 말을 하는지 모르겠습니다. 그러나 치밀하게 짜인 연극처럼 아주 걸맞게 이해가 됩니다. 사랑은 쓰지 않는 단어들이 제멋대로 이어지고 이해되는 일이기 때문입니다.

당기시오
미시오

'당기시오', '미시오' 어느 가게 앞에 적힌 문구를 보고 엉뚱한 마음에 반대로 해본다. 대부분의 문은 반대로 밀거나 당겨도 열리고 닫힌다. '당기시오'라고 적혀 있지만 밀어도 열리고, '미시오'라고 적혀 있지만 당겨도 잘 열린다. 그렇다면 왜 당기거나 밀어 달라고 적어놓았을까. 떠나는 이와 방문할 이를 위한 배려일 것이다. '그쪽으로 열어야 다른 이가 편하게 들어오고 나갈 수 있습니다' 정도의 표식.

이처럼, 우리는 모두 이제 막 나가는 이들과 곧 방문할 이들을 위해 어떤 문구를 서로에게 남겨놓는다. 삶과 삶이 부딪쳤던 기점을 마음 안과 밖에 적어놓고 가는 것이다.

잘 지내셔요. 밤에 잠 못 자는 것 좀 고쳐봐요. 사람 너무 믿지 마셔요. 다정한 말에 그만 흔들리셔요. 술 좀 줄이시면 좋을 것 같아요. 행복하셔야 해요. 나 같은 사람은 만나지 마셔요. 정말 많이 사랑했습니다. 다정한 사람이 당신에게는 어울립니다. 상처받지 마셔요. 건강 좀 챙기면서 살아요. 좋은 기억이었으니 되었습니다. 당신이 그토록 애타게 좋아할 사람이 나는 부럽습니다. 운다고 마음 약해지지 마시고요. 일이 바쁜 당신이니, 그만큼 무심한 사람을 만나셔요. 따위의 마지막 인사.

앞으로의 당신 생에 방문할 이들과 곧 나갈 이들을 생각하며 마지막 말들을 남겨둡니다.

당기시오. 미시오. 곧 방문할 이들과 떠나갈 이들을 위해, 번잡하지 않게 또 부딪혀서 상처받지 않도록 당신의 삶에 어떠한 메시지를 남겨놓는다. 부디 당신에게 오고 가는 이들로 인하여 아프거나 싫증나거나 슬퍼하지 않기를 간절히 바라며.

우리는 서로 당기거나 밀기에는 아주 늦어버리고 익숙해진 사람이니까요.

수생식물

인연이란 "우리가 운명일 수도 있어요"라는 꽃말을 지닌 수생식물과 같다. 못의 진흙 속에서도 기어코 피어나는 연꽃이거나, 수련이거나 하는 것들. 단단한 곳이 아닌 언제든 공허할 수 있는 곳에 뿌려지고, 뿌리내리고, 떠오르는 수생식물 같아서 언제든 흔들리며 자라나지만 그럼에도 기필코 시들지 않고 아름다워지는 것.

'우리는 정말요, 정말 말이죠, 가장 비옥하지도 단단하지도 않은 곳에서 시작했지만 가뭄이 오더라도 말라 죽진 않아요'라는 뜻이다.

인연이란 그런, 아직은 떫은 씨앗이고,

운명이란 그런 유예 기간 없는 피어오름인 것.

어른이
되어간다

제법 세련되고 다채로웠던 나의 취향이 엄마 아빠가 자주 챙기던 취향으로 변해간다. 얄쌍해서 날카로워 보이는 컵을 좋아하던 사람이 어느 순간 뭉툭해서 잘 깨지지 않는 컵을 모으게 되는 것. 사람이 가득한 곳을 좋아하던 사람이 집 앞 조용한 골목의 카페를 자주 가게 되는 것. 옷장에 가득했던 화려한 색 옷들이 버려지고 입기 편한 무채색 옷들로 채워지는 것. 값비싸서 자주 먹지 못하는 고급 요리보다는 늘 먹어왔던 밑반찬을 찾게 되는 것. 주렁주렁 매달려 있는 액세서리보다는 제법 단정하고 온화한 몇 가지 치장만을 하게 되는 것. 삶이 지속될수록, 늘 그래왔다는 듯이 단단하고 고요하고 편안하고 단정한 것들에 눈길이 간다. 아버지가 밀어주었던 흔들의자처럼, 따뜻하다는 설명 하나 없이 자꾸만 따뜻해지는 것들. 어머니가 불러주었던 자장가처럼, 이렇다 할 후렴 없이 반복되지만 편안해서 잠이 솔솔 오는 것들. 지속적으로 젊어지고 까다로워지며 예민해지던 감각과 취향이 어느 순간을 기점으로 점차 노화되어 간다. 그러나 퇴화되는 것이 아닌, 성숙해지는 것에 가깝다. 낡아가는 것이 아닌 익어가는 것에 가깝다. 과거엔 촌스럽다 여겼던 것들이 딱 맞는 취향으로 거듭나며 그들처럼 어른이 되어간다. 어릴 적 슈퍼우먼이었던 울 엄마와 슈퍼맨이었던 울 아빠의 취향처럼. 그렇게 도태되는 것이 아닌, 늘 그래왔듯 회귀하는 취향. 나도 그렇게 변화하고 거듭나며 어른에 가까워진다. 모르는 사이 그들을 닮아간다.

사랑하는

사람과의

이런 관계를 꿈꾼다

발전적인 만남으로 향하는 관계

사랑을 이어가는 동안 무턱대고 행복하고 즐겁다는 감정적인 충족도 중요하지만, 실질적인 발전도 중요하다고 생각한다. 그러므로 나의 사랑은, 함께이기에 자꾸 한 단계씩 오르게 되는 계단이면 좋겠다. 힘이 들 땐 손을 건네주며 힘껏 이끌어주는. 서로가 삶에서 뒤처지지 않도록, 붙잡고 올라오라며 위에서 내려주는 밧줄이었으면 좋겠다. 더욱 아름다워지고 발전적이어야 하는 이유를 만들어주는 벅찬 미래였으면 좋겠다. 건강한 사랑을 하고 있기에, 너 또한 그리고 나 또한 그에 걸맞은 사람으로 거듭나고 싶어지면 좋겠다. 감정적인 풍부함 이상의 발전을 꾀할 수 있는, 함께 가는 길에서 더욱 더 멋진 사람이 되었구나 말할 수 있는 발전적인 사랑. 깊은 사랑의 힘은 나를 더 좋은 사람이 되고 싶게끔 만들어주는 것에 있다. 우리 함께 더 완전한 삶으로 나아가자 자꾸 꼬드 겨주는 사랑을 하고 싶다.

완전히 동등할 수는 없음을 이해하는 관계

둘 중 누구 하나 뒤처지지 않는 동등한 크기의 마음을 주고 받고 싶지만, 매정하게도 사랑에는 완전히 동등한 주고받음 이 없다는 걸 안다. 어떻게 마음의 분량을 정확히 똑같이 맞 추며 사랑할 수 있겠는가. 어느 시기를 맞으면 누군가는 조 금 더 주고 누군가는 조금 덜 줄 수 있는 것이 사람의 마음 이라, 여유가 더 있는 이와 없는 이를 이해하며 깊은 서운함 은 멀리하는 성숙한 연애를 하고 싶다. 마음은 건네는 순간 빌려주는 것이 아니라 주는 것이기에, 준 만큼 답이 돌아오 지 않더라도 묵묵히 기다릴 수 있는, 내가 준 꼭 그만큼만 돌 려받으리라는 법도 없으니 크나큰 마음을 선뜻 건넬 수 있는 관계. 그러니 오고 가는 마음에 계산이 없고 이미 떼어준 마음을 아까워하지 않을 수 있는 관계. 현실적이지만 냉정하지는 않은 온도로 따뜻하게 감싸 안아주고 싶다. 누가 적고 누가 많음이 무슨 소용이겠는가. 둘이 합쳐서 온전함을 완성하는 것이 사랑인 것을.

함께 떠나기를 중요하게 생각하는 관계

사소한 일상 속 만남도 좋지만, 마음껏 떠날 수 있는 사랑을 하고 싶다. 업과 삶에 지칠 때 서로 의지한 손을 맞잡고 가깝거나 먼 곳으로 여행할 수있는 관계를 꿈꾼다. 모든 입맛과 취향이 같을 순 없지만 무던히 맞추어가며 걸을 수 있는 곳으로. 소음 가득한 곳에서 벗어나 서로에게 온전히 집중할 수 있는 숲, 나무, 바다, 그리고 길로. 파도, 밤하늘, 고요한 시냇물이나 해 질 녘의 거리로. 떠나자, 여행은 때론 사랑과도 같은 것이니. 고요하고 벅찬 곳에서 사랑은 마음에 잊히지 않을 찬란한 기억으로 남을 것이니. 그 기억은, 앞으로 우리의 삶을 아름답게 가꾸어줄 윤슬과도 같으니. 반복되는 일상에 자꾸 무뎌지고 낡아지는 것만 같은 날엔, 이렇다 할 준비 하나 없더라도 함께 떠나자.

꾹꾹 눌러쓴 마음을 주고받는 관계

손 편지만큼 애틋하고 다정한 선물이 있을까. 편지 속에서는 익숙함에 무뎌진 언어와 마음이 새것으로 거듭나기에, 특별한 날이 아니더라도 종종 편지가 오고 가는 사랑은 결코 권태로워지지 않을 것이다. 손으로 쓴 편지는 쉽게 지나칠 수 있는 보통의 날을 특별한 기념일처럼 만들기도 한다. 편지지 안에 꾹꾹 눌러 담은 마음이 좋다. 그 섬세함을 아는 사람과, 그 애틋함을 소중히 여기는 만남이 좋다. 때론 말과 문자로 전하지 못하는 마음을 손으로 적어 나눌 수 있다는 것은 축복과도 같기에.

서로가 서로의 전체를 사랑하는 관계

부분이 아닌 전체로 그 사람의 인생 자체를 아껴주고 가꾸며 존중하는 사랑에 빠져들고 싶다. 우리는 모두 완벽하지 못해서 서로를 완벽히 충족시켜 줄 수 없으므로 사랑할 때 일정 부분만을 바라보고 싶지 않다. 장점을 보고 빠져들었다가 단점을 보고 뒤돌아서지 않도록. 어떤 점만을 기대하며 기다리다가 쉽게 실망하는 일이 없도록. 자연스럽게 맞지 않는 부분을 눈감아 주고, 교정하려 하지 않고 그대로 수용할 수 있었으면 좋겠다. 무엇이 딱히 맘에 들지 않는다 해도 그의 부분만을 사랑하거나 미워하지 않으니 감싸안을 수 있는 것이다. 보자기로 감싸듯 사람을 전체적으로 안아주는, 거칠고 모난 부분까지 부족함 없이 덮어주는, 그런 넓고도 깊은 사랑에 빠져들고 싶다.

순수함으로
나아가는 것

'마음껏 주고 싶어 하는 마음도 받는 누군가에겐 부담이고 상처일 수 있다. 희생하고 싶은 마음 또한 나 자신의 도덕적, 감정적 충족을 위하는 일 아닐까. 과연 건네는 사랑만큼 그대가 이상을 바라는 것이 또 있을까. 사랑은 결국 나 좋자고 하는 것 아닌가?' 따위의 생각에 사로잡혀 살던 때가 있었다.

사랑은 그 어느 감정보다도 이기적인 마음이 기저에 깔린 감정이라, 그 때문에 깊은 사랑엔 배신감이 동반되기도 하고 못난 감정이 피어오르기도 하는 것이라고 생각했다. 고결하고 고귀한 줄로만 알았던 감정이 나 자신의 못난 이기심에서 나온다는 걸 깨달음으로써, 상대와 나에 대한 억하심정

이 팽배해지기도 했다. 행복하고자 꺼냈던 사랑이라는 단어
엔 불순물이 잔뜩 껴 있어서, 나의 삶은 오히려 불안하고 외
로워지고 흔들렸다.

그러나, 그럼에도 우리는 기적적이고 아름다운 사랑을
꿈꾼다. 이유는 의도치 않은 맞물림이 존재하기 때문일 것이
다. 사랑은 사람이 이기적인 존재임을 기본 전제로 하는데,
그 이기심이 서로를 향한 이기심이다 보니 때로 둘이 합쳐
져 기적적으로 순수한 사랑으로 남는다. 그러니 사랑은 정말
깨끗하지 못하고 더러워 죽겠는데, 그 안에서 서로가 마음껏
더럽혀지는 것. 모두가 더럽다 보니 이렇다 할 더러움이 존
재하지 않는 것. 삶은 이기적인 마음에서 비롯해 나에게 이
득이 되는 것을 취하는 것인데, 그런 마음의 중력이 서로를
대면하고 있어서 서로의 이득이 서로가 되게끔 끌어안는 것.
결국은 둘이 원하는 것이 하나로 귀결되는 것.

사랑은 결코 '순수하므로'가 아니라 '순수함으로' 자꾸
나아가게 되는 것이기에.

엄마는

아직도 나를
키우고 계셔요

난 쓰는 것보다 버는 것이 중요하다고 생각하는 사람이라 씀씀이가 남다르다. "돈이야 또 벌면 되는 거지"라며 때로 과소비도 서슴지 않는다. 그러나 엄마는 나와 다른 사람이었다. 엄마는 나의 유년기부터 내가 자리 잡기 전까지 쭉 가난만 마셔와서, 삶이 정착보단 미망에 가까웠다. 그런 엄마에겐 돈을 잘 쓰는 것이 중요했다. 그녀는 언제나 나의 씀씀이를 걱정한다. "아들, 잘 버는 것도 중요하지만 현명하게 소비해야 해"라면서 다른 잔소리까지 보탠다. 그럴 때마다 나는 속으로 말한다. '엄마, 현명히 소비하려면 시간과 고민이 필요하잖아. 그게 나에겐 자원 낭비야. 그냥 생각 없이 쓰고 다른 일에 시간을 투자할래.' 그렇지만 나는 그때마다 그 작은 손을 꽉 잡으며 엄마에게 조언을 구한다. "그럼 엄마, 언제는 이런 일이 있었는데, 그걸 사는 게 맞아? 안 사는 게 맞아?" 정도로. 사람은 누군가가 자신의 말에 의지하며 의견을 구할 때 존재 가치를 인정받기 때문이다. 엄마의 삶이 조금은 더 가치 있는 삶이기를 바라며. 엄마와 나는 의견도 사는 방식도 다르지만, 나는 그녀의 말에 동의하며 고개를 끄덕이고 자주 여쭙는다. "엄만 이럴 때 어떻게 했어?", "엄마, 이거 이렇게 하는 거 맞지?" 하면서. 사실 물음의 답은 나도 알고 있을 때가 많다. 그건 "난 아직도 당신의 손바닥 안에서 자라나고 있어요"라는 뜻을 품고 있는 물음이다.

아직도 그녀의 곁에서 자라나는 나를 보고 있자면, 그녀의 삶도 언제까지고 청춘일 수 있겠지, 그런 바람으로. 엄마, 엄마는 젊은 시절처럼 아직도 나를 키우고 계십니다. 아직도 나는 엄마가 필요해요. 엄마의 곁에서 늘 지혜롭게 커가고 싶어요. 물음 아닌 답을 건넨다.

그러나

여전히
잊지 않았습니다

잃어버렸다는 것도 잊어버린 에어팟이 오래된 서류 가방에서 나왔다. 이걸 선물받았던 게…… 18년도 가을이었지……. '기억을 완전히 잊을 수 있는가?'라는 질문에 꼬리를 물어보다가, 여전히 날 깊은 생각에 잠기게 하는 누군가의 다정했던 선물을 보고 있자니 기억은 박멸할 수 없는 거구나 싶었다.

　시간과 기억은 저무는 것이 아닌 접어놓는 것이다. 그러니 지금 시간을 보내는 누군가와의 기억 또한 잃어버리고 잊어버리겠지만, 당장은 다 떠오르지 않더라도 해가 거듭된 다음에는 필히 떠오르리라 믿는다. 언젠가의 다정이 지금의 나를 지탱하듯 지금 이 순간의 다정 또한 언젠가의 나를 지탱할 것이다. 나를 무너뜨리기도 다시 일으켜 세우기도 하는

지난날의 청초한 만남들이여.

　잃어버린 것도 잊은 채 살고 있었지만, 난 그대들의 다정함만은 잊지 않고 살아냈습니다. 긴 시간이 지나 "잘 지내시죠?"라고 건네는 시시콜콜한 안부 인사입니다. "여전히 나도 잘 지내고 있습니다"라는 소재지 불명의 편지입니다.

마치며

복잡한 감정을 말로는 다 풀어낼 수 없고, 마음을 다 보여줄 수도 없을 때, 우린 '그냥'이라고 말한다. 혹은 '괜찮아' 정도로 간단히 아무 일 없다는 듯 이야기하고 속마음은 꺼내지 못한다.

그 감정이 너무 가볍고 별것 아니어서가 아니라 때론 무겁고 너무 큰일이어서 그렇게만 표현하고 속으로 묵혀두곤 한다.

이토록 불완전한 삶을 간단히 표현할 수 있는 말이 존재한다면, 누군가에게 그런 말을 건네왔다는 것을 기억한다면, 그렇다면 나 자신에게도 아무런 설명 없이, 별일 없다는 듯 그 말을 건네줄 수 있는 거 아닐까.

아무리 온전치 못하더라도, 불안하더라도, 해낸 것이 아직은 없더라도 부족하더라도 슬프더라도 아프더라도. 잡고 싶었더라도 그렇지만 놓쳤더라도. 마음으로는 붙잡고 싶은

데 스스로 도망쳤더라도. 괜찮은 척하다가도 저도 모르게 울컥하며 엎드려 울더라도,

그럼에도 결국 해내면 그만이다. 과정에 불과하다. 잘하고 있다. 그대로만 지내면 된다. 잘 마무리될 것이라고. 호흡을 가다듬고 다시 나아가면 된다고.

이 책을 덮으며 숱한 불안의 이야기까지 함께 덮어둔다.

책의 말들이 누군가의 생을 다채롭게 가꾸어줄 간략한 문장이었길 바라며.

결국 해내면 그만이다

초판 1쇄 발행 2024년 4월 9일
초판 4쇄 발행 2024년 6월 11일

지은이 정영욱
펴낸이 김선식

부사장 김은영
콘텐츠사업본부장 임보윤
책임편집 이상화 **책임마케터** 양지환
콘텐츠사업2팀장 김보람 **콘텐츠사업2팀** 박하빈, 이상화, 채윤지, 윤신혜
마케팅본부장 권장규 **마케팅2팀** 이고은, 배한진, 양지환 **채널2팀** 권오권
미디어홍보본부장 정명찬 **브랜드관리팀** 안지혜, 오수미, 김은지, 이소영
뉴미디어팀 김민정, 이지은, 홍수경, 서가을
크리에이티브팀 임유나, 박지수, 변승주, 김화정, 장세진, 박장미, 박주현
지식교양팀 이수인, 염아라, 석찬미, 김혜원, 백지은
편집관리팀 조세현, 김호주, 백설희 **저작권팀** 한승빈, 이슬, 윤제희
재무관리팀 하미선, 윤이경, 김재경, 이보람, 임혜정
인사총무팀 강미숙, 지석배, 김혜진, 황종원
제작관리팀 이소현, 김소영, 김진경, 최완규, 이지우, 박예찬
물류관리팀 김형기, 김선민, 주정훈, 김선진, 한유현, 전태연, 양문현, 이민운
외부스태프 디자인 강경신

펴낸곳 다산북스 **출판등록** 2005년 12월 23일 제313-2005-00277호
주소 경기도 파주시 회동길 490
대표전화 02-704-1724 **팩스** 02-703-2219 **이메일** dasanbooks@dasanbooks.com
홈페이지 www.dasanbooks.com **블로그** blog.naver.com/dasan_books
종이 아이피피 **인쇄** 민언프린텍 **제본** 제이오엘엔피 **후가공** 국일문화사
ISBN 979-11-306-5180-4 (03810)